Neun Tote im Emmental

Turm-Taschen-Bücher

Max Frei

Neun Tote im Emmental

Kriminalroman

Chemnitzer Verlag

1998

Herstellung: Dieter Struckmann
Gestaltung: Gerd Gücker
Gesamtherstellung: Westermann Druck GmbH Zwickau

ISBN 3-928678-39-6

Der Fall Lötscher, 1. Teil

Dienstag, der 30. Juni 1964, war ein Regentag. Wenn der Wind einen Augenblick aufdrehte, klatschte der Regen gegen die Scheiben, sonst floss das Wasser geräuschlos und in Wolken übers Glas hinunter.

Ich hatte am Kiosk die »Neue Zürcher Zeitung« gekauft. Jetzt sass ich in meinem Büro und betrachtete die meteorologische Karte auf der zweiten Seite. Eine Weströmung steuerte wieder einmal feuchte Luft gegen die Alpen. Wo solche Luft steigen muss, regnet es am ergiebigsten – also am nördlichen Fuss der Alpen, und dort befand ich mich.

Für diejenigen, die es noch nicht wissen sollten: Mein Büro liegt am Grendel in Luzern, hundert Meter vom Schwanenplatz entfernt. Es befindet sich im dritten Stock. Durch die beiden Fenster kann man den Grendel bis zum Uhren- und Schmuckgeschäft Bucherer überblicken. Auf meiner Tür ist zu lesen: »Max Frei, Detektei.«

Es war zehn Uhr morgens, und ich wartete auf Frau Judith Lötscher aus Marbach, Kanton Luzern, deren Mann ihr kürzlich – wie sie schrieb – »abhanden gekommen« war.

Ich stellte mich ans Fenster und blickte auf die Strasse. Es regnete auf Herren- und Damenschirme, auf graue Nylonmäntel und auf Autodächer. Am schnellsten bewegten sich die Schirme am Strassenrand; auf den Gehsteigen schoben sie sich langsamer aneinander vorbei. Vor den Schaufenstern von Bucherer hatte sich ein Stau gebildet, der strassenwärts im Halbkreis umspült wurde. Der Eingang zum »Mövenpick« glich einem Trichter: Von drei Seiten her drängten Schirme auf die Türe zu.

Es klopfte. Bevor ich »herein« rufen konnte, öffnete sich die Tür.

»Grüessech!« sagte eine Frau im Berner Tonfall.

»Guten Tag«, antwortete ich; »Frau Lötscher?«

»Däich wou«, sagte sie.

Ich schob den tropfenden Schirm in den Ständer und hängte den Regenmantel an einen Haken.

Frau Lötscher mochte fünfunddreissig Jahre zählen. Sie war nicht nur gross, sondern auch stark gebaut. Das gebräunte Gesicht war länglich und wohlgeformt, der Mund eher klein, weiss die Zähne darin; ernst und gross waren die Augen. Unwillkürlich dachte ich an Gotthelfs Beschreibung von Elsi, der seltsamen Magd. Auch an Frau Lötscher war »eine gewisse adeliche Art«; es kam mir vor, als sei sie eine, »die an einem Tische zu befehlen oder zu regieren gewohnt sei«.

Judith Lötscher trug ein langes, graues Kleid, schwarze, flache Schuhe, einen grauen Hut. Die sechs Treppen schienen sie nicht ausser Atem gebracht zu haben; Sherlock Holmes hätte daraus geschlossen, dass ihr Hof auf einer Anhöhe liege.

»Nehmen Sie Platz!« bat ich und führte sie zum Klientenstuhl am Fenster. »Sind Sie mit dem Zug gekommen?«

»Nid andrisch«, meinte sie. »Wir besitzen zwar ein Auto, aber ich kann nicht chauffieren. Und bei Leuten, die ich nicht kenne, steige ich nicht ein.« (Der nichtschweizerische Leser wird es begrüssen, dass ich die letzten beiden Sätze ins Schriftdeutsche übertragen habe. Ich will das auch in Zukunft tun. Die wenigen Dialektausdrücke, die ich stehen lassen werde, werde ich auf der letzten Seite dieses Buches erklären – Hg.).

Ich griff zum Brief, den ich letzte Woche von ihr erhalten hatte. Sie hatte vergessen, ihre Telefonnummer anzugeben, und da in Marbach keine Judith Lötscher im Telefonbuch zu finden war, hatte ich beim dortigen Pfarramt angerufen, um den Vornamen ihres Mannes zu erfahren.

Die Schrift war zwar leserlich, aber es wimmelte von Fehlern; jedes längere Wort war falsch buchstabiert.

Frau Lötscher schien meine Gedanken zu erraten: »Ich komme halt fast nie zum Schreiben; mein Mann hat bisher das Schriftliche besorgt. Meine Eltern sind Johanniter, darum bin ich selten in die Schule gekommen.«

»Was sind Johanniter?« fragte ich.

»Wir glauben, dass der Apostel Johannes noch lebt. Am Kreuz hat Jesus zu Johannes gesagt: ›Siehe da, deine Mutter.‹ Und zu Maria hat er gesagt: ›Siehe da, dein Sohn.‹ Und er hat Johannes versprochen, dass er nicht sterben wird, bevor Christus kommt zu richten die Lebendigen und die Toten. Jesus ist im Himmel, aber er hat Johannes zurückgelassen und hat ihm alles anvertraut auf Erden – samt seiner Mutter.«

»Soviel ich weiss, ist Johannes als Hundertjähriger in Ephesus gestorben.«

»Nein, Johannes lebt, ich habe ihn selbst gesehen. Aber wie haben Sie es mit der Religion, Herr Frei – Sie glauben wohl gar nicht an Gott?«

»Doch, doch«, sagte ich. (Antwort gekürzt – Hg.)

»Dann ist es gut; ich kann kein Vertrauen zu Leuten haben, die an nichts glauben. Wieso sollten solche etwas Gutes tun, wenn sie später doch keiner belohnt? Oder warum nichts Schlechtes, wenn sie ja doch niemand bestraft?«

Marbach ist ein katholischer Ort, das letzte Dorf des Kantons Luzern in Richtung Bern. Dass es bei den Protestanten im bernischen Emmental von Sekten wimmelt, ist bekannt. Wie aber war Frau Lötscher unter die Katholischen geraten?

Ich nahm einen Zettel und einen Bleistift und begann zu notieren.

»Sie heissen Judith Lötscher. Ihr Mädchenname?«

»Emmenegger.«

»Wo sind Sie geboren?«

»In Emmenrüti.«

»Ihr Alter?«

»In Marbach.«

»Ich meine, *wann* Sie geboren sind?«

»Am 4. Mai 1928.«

»Wann haben Sie geheiratet?«

»Letztes Jahr.«

»Kinder?«

»Was denken Sie auch!«

»Wann ist Ihr Mann verschwunden?«

»Vorgestern vor zwei Wochen.«

»Also an einem Sonntag?«

Frau Lötscher nickte.

»Wer hat Sie zu mir geschickt?«

»Der Polizeier in Langnau. Die Leute sagen, der Edy sei mit der Käthi zusammen davongelaufen. Beide sind ›vermisst‹ gemeldet, aber am Radio will man sie nicht ausrufen, da bringen sie nur Kinder und Schwermütige. Und das Geld soll der Edy mitgenommen haben, dabei hat er ja einen Schlüssel gehabt und hätte die Truhe nicht aufbrechen müssen.«

»Was ist gestohlen worden?«

»Fast alles, was wir bar gehabt haben.«

»Wieviel?«

»Fünfzehntausend.«

»Warum habt Ihr das Geld nicht auf die Bank gelegt?«

»Johanniter gehen nicht auf die Bank.«

»Ist Ihr Mann auch ein Johanniter?«

»Nein, er ist katholisch, geht aber nicht mehr in die Kirche. Das Geld hat mir gehört. Meine Eltern haben es mir in die Ehe gegeben.«

»Wer ist Käthi?«

»Die Serviertochter im ›Leuen‹. Die Leute sagen, der Edy hat ein Geschleipf mit ihr gehabt. Sie meinen, er hat das Geld genommen und ist mit ihr abgehauen.«

»Und die Truhe hat er aufgesprengt, damit der Verdacht nicht auf ihn fällt?«

»Das sagen die Leute. Aber der Edy ist nicht so; so etwas hätte er nie gemacht.«

Frau Lötscher zog ein rotes, weissbetupftes Schnupftuch hervor und wischte sich die Tränen aus den Augen. Ich steckte einen Stumpen in Brand.

Plötzlich griff sie ein zweites Mal in die Tasche, holte einen Brief heraus und schob ihn mir über den Schreibtisch zu. Der Umschlag war nur leicht zugeklebt; er enthielt zwei Photographien, fünf Einhunderternoten und einen Zettel, auf dem zu lesen war: Raymond Muntwyler, Bahnhofstrasse 61, Langnau i. E.

»Der Muntwyler ist der Polizeier in Langnau. Er hat gesagt, Sie kosten hundert Franken am Tag, und fünf Tage brauchen Sie schon, bis Sie den Edy finden. Es ist viel, aber – hat er gesagt – dafür finden Sie ihn bestimmt. Und die Photos hat er mir auch gegeben. Die haben sie auf die Zettel gedruckt.«

»Auf die Vermisstmeldungen?«

Frau Lötscher nickte.

»Woher haben Sie das Geld? Von den Eltern?«

»Nein, die wollen mit der Polizei nichts zu tun haben. Die Johanniter sagen, wer an Gott glaubt, braucht keine Polizei. Ich habe noch tausend Franken in der Matratze gehabt.«

»Hat das Ihr Mann gewusst?«

Wieder nickte Frau Lötscher: »Es hat auch noch etwas im Gänterli.«

Ich nahm das Geld und schob es in die Mappe M (Moneten) im Aktenschrank. Dann füllte ich eine Quittung aus.

Bevor ich noch fertig war, knarrte ein Schlüssel im Schloss, und die Tür sprang auf. Meine Putzfrau stand da, umgeben von Eimern, Schrubbern und Lumpen. Natürlich, es war Dienstag.

»Reissen wir aus!« sagte ich.

Zehn Minuten später sass ich mit Judith Lötscher im Café Flammer hinter einer Tasse Kaffee und zwei Crèmeschnitten. Ich hatte die beiden Photos mitgebracht und betrachtete zuerst das Frauenbild.

»Das ist also die Käthi. Wie heisst sie noch?«

»Lenz.«

»Woher kommt sie?«

»Aus Oesterreich oder aus Deutschland – ich bin nicht sicher.«

»Eine Gastarbeiterin?«

»Ich denke schon.«

Katharina Lenz schien nicht ganz mittelgross zu sein, schlank, hellblond, mit einem eher nichtssagenden Gesicht, aber nicht hässlich; für Emmentaler Verhältnisse besass sie eine zierliche Figur.

»Ihr Mann hat also ein Verhältnis mit ihr gehabt?«

»Das glaube ich nie und nimmer«, sagte Frau Lötscher bestimmt. »Der Edy ist jede Woche an den Migrosstamm im ›Leuen‹ gegangen, und sie ist seit Neujahr in Marbach. Also hat er sie gekannt und sie ihn auch. Ich bin nie im ›Leuen‹ gewesen – Johanniter gehen ungern in die Beizen –, und ich kenne die Käthi nicht. Aber der Edy hat ein paarmal über sie geredet – wer ihr den Hof macht und so. Den Sekundarlehrer hat sie wohl am liebsten gesehen; der ist noch ledig und verdient am meisten im Dorf. Kein Mensch ist auf die Idee gekommen, dass der Edy und die Käthi etwas zusammen haben könnten. Aber als sie beide am gleichen Tag verschwunden sind, da ist das Geschwätz losgegangen.«

»Wer hat das Gerede aufgebracht?«

»Das weiss ich nicht. Ich komme selten ins Dorf. Was ich weiss, das habe ich von Hans und der Elsi.«

»Elsi ist die Magd?«

Frau Lötscher nickte: »Und wir haben zwei Knechte, den Daniel und den Hans.«

»Was ist das – der Migrosstamm?«

»Der Edy ist beim Landesring, bei der Migrospartei. Sie sind ihrer zwölf in Marbach und in Wiggen. Wir kaufen beim Migros in Langnau ein. Fast alle andern in Marbach sind konservativ oder liberal. Die Liberalen haben den Stamm im ›Kreuz‹, die Konservativen im ›Bären‹. Alles, was nicht zu diesen beiden gehört, trifft sich im ›Leuen‹.«

»Und wann findet dieser Hock statt?«

»Am Freitag nach dem Nachtessen. Meistens kommen fünf oder sechs Mannen. Sind nur drei oder vier da, dann jassen sie.«

»Ihr Hof liegt auf Luzerner Boden?«

»Ja, die ›Schwand‹ gehört zu Marbach.«

»Wie kommen Sie da zur Langnauer Polizei? Langnau ist doch Kanton Bern?«

»Weil der Edy nach Langnau gefahren ist; dort hat man ihn zuletzt gesehen. Als er am Tag darauf noch immer nicht zurückgekommen ist, habe ich dem Gemeindeschreiber in Marbach telefoniert, und der hat die Polizei in Schüpfheim angerufen. Eine Stunde später sind sie gekommen. Es sind zwei Polizeier gewesen. Sie haben nach Langnau telefoniert und dann an die Fremdenpolizei in Luzern. Zuerst haben sie mich ausgefragt, dann haben sie die Photographie von Edy mitgenommen und sind in den ›Leuen‹ gegangen. Am nächsten Tag bin ich nach Langnau gefahren. Bei der Polizei dort habe ich alles noch einmal erzählen müssen.«

»Und Herr Muntwyler hat gesagt, Sie sollen mir schreiben?«

»Er hat halt gemeint, dass es vielleicht doch kein Zufall ist, dass der Edy und die Käthi zur gleichen Zeit verschwunden sind. Einer Frau davonzulaufen sei nicht schön, aber es sei kein Verbrechen und komme oft vor; die fünfzehntausend Franken habe der Edy – wenn überhaupt – nur sich selber gestohlen, denn das Geld gehöre ihm so gut wie mir. Es tue ihm leid, sagt Herr Muntwyler, aber er selbst könne im Moment nichts für mich tun.«

Während des Gesprächs fiel mir auf, wie oft man sich nach Frau Lötscher umdrehte. Ich lehnte mich zurück und sagte:

»Erzählen Sie mir einmal von sich selbst – wo Sie aufgewachsen sind, wie Sie Ihren Mann kennengelernt haben, was Sie über seine Vergangenheit wissen.«

»Wo ich geboren bin, das habe ich Ihnen gesagt.«

»Wo liegt Emmenrüti?«

»Zwischen Trub und Langnau, in einem Seitental gegen den Napf hinauf. In den ›Runkelboden‹ – so heisst unser Hof – ist es etwa eine Stunde von Trub aus. Von uns aus sind Sie in einer guten Stunde auf dem Napf.«

»Ich bin zweimal auf dem Napf gewesen, einmal von der Lüdernalp aus, und einmal bin ich von Fankhaus nach Doppleschwand gewandert. Emmenrüti kenne ich nicht einmal dem Namen nach.«

»Nach Emmenrüti kommen Sie mit dem Postauto. Von Emmenrüti zu uns geht man zuerst talaufwärts, dann links durch die Schlucht. Von dort aus führen zwei Wege hinauf zu den ›Oberen Höfen‹ – so heisst es dort. Der ›Runkelboden‹ ist der hinterste, der oberste Hof. Bei klarem Wetter sieht man die Berner Alpen, und von der Weid aus kann man auch den Jura sehen.«

»Sind Sie in Emmenrüti zur Schule gegangen?«

»Nein, in der ›Unteren Matte.‹ Das ist der erste Hof oberhalb der Schlucht. Dort haben sie ein Schulzimmer eingerichtet – für eine Gesamtschule.«

»Sechs Klassen im gleichen Zimmer?«

»Ja, aber wir sind nie mehr als fünfzehn Kinder gewesen. Gelernt haben wir nicht viel; der Lehrer – er ist immer noch dort und heisst Markus Oppliger – hat in der ›Unteren Matte‹ eingeheiratet, und als der Schwiegervater gestorben ist, hat er selber bauern müssen. Aber weil die Lehrer im Kanton Bern so gut bezahlt sind, hat er weiter Schule gehalten.«

»Und die Eltern von den Kindern haben nicht protestiert?«

»Die sind schon immer gegen das Lernen gewesen. Für gewöhnlich sind wir nur im Winter zur Schule gegangen. Im Frühling, Sommer und Herbst haben wir auf dem Feld geholfen; bei schönem Wetter ist die Schule immer ausgefallen. Es hat schon stark regnen müssen, bis wir hingegangen sind.«

»Wie habt Ihr gewusst, ob Schule gehalten wird oder nicht?«

»Wenn der Oppliger ein Leintuch an die Turnstange gehängt hat, so hat das geheissen: Es ist Schule. Das Leintuch hat man von fast überall gesehen, und so haben wir den Weg nicht umsonst gemacht.«

»Ist dieser Oppliger auch ein Johanniter?«

»Im Gegenteil, er hat eine Wut auf uns. Wie ich in der vierten Klasse gewesen bin, hat er begonnen, mit mir lieb zu tun. Ich habe es nicht einmal gemerkt, aber die Hanni – das ist eine Tochter von unserem Nachbarn – ist eifersüchtig geworden und hat es ihrer Mutter gesagt. Von der hat es mein Vater gehört, und der hat dem Oppliger alle Schande gesagt. Von da an bin ich nur noch selten zur Schule gegangen, und der Oppliger hat nicht reklamiert. Ich bin zweimal durchgefallen, so dass ich nach der sechsten Klasse schon acht Jahre Schule hinter mir gehabt habe; darum habe ich die siebte und achte Klasse im Dorf nicht mehr machen müssen. Wissen Sie, die Johanniter sagen, man soll lesen, schreiben und rechnen lernen, aber sonst nichts: Lesen, damit man die Bibel versteht; Schreiben und Rechnen, damit uns die Welt nicht betrügen kann.«

»Und Geographie, Geschichte, Botanik?«

»Da werden nur unlautere Wünsche geweckt. Wer Geographie studiert, dem gefällt nichts mehr daheim; wer Geschichte lernt, der verliert nur den Glauben an Gott. Was ist das dritte gewesen?«

»Naturkunde.«

»Die Kräuter bei uns kenne ich auch ohne den Oppliger!«

»Und der Religionsunterricht?«

»Die Protestanten sind ins Pfarrhaus gegangen – am Mittwochnachmittag. Die Johanniter haben am Sonntag Kinderstunde gehabt – nach dem Gottesdienst.«

»Habt Ihr eine Kirche?«

»Nein, in den ›Oberen Höfen‹ sind wir nur drei Familien. Einmal im Jahr treffen sich alle Johanniter in Langnau, im grossen Saal vom ›Hirschen‹. Da habe ich den Johannes gesehen. Wir in den ›Oberen Höfen‹ treffen uns jeden Sonntag – einmal bei uns, einmal im ›Geissboden‹, einmal im ›Hinterwald‹.«

»Wieviele Johanniter gibt es?«

»Bei der Versammlung in Langnau kommen sicher drei- oder vierhundert zusammen. Bei uns in den ›Oberen Höfen‹ sind es etwa dreissig.«

»Und wie geht so ein Gottesdienst vor sich?«

»Wir lesen aus der Bibel vor, wir beten. Singen tun wir nicht. Aber jeder, der will, kann reden und sagen, was ihm beim Bibellesen eingefallen ist.«

»Wo lebt der Johannes?«

»Er kommt und geht; niemand weiss, wo er wohnt.«

»Seit wann gibt es diese Religion?«

»Ich weiss es nicht, aber schon mein Urgrossvater ist ein Johanniter gewesen.«

»Und der Apostel Johannes ist immer um euch?«

»Nein, Johannes ist nicht immer bei uns. Manchmal kommt er jahrelang nicht vorbei. Er wandert überall auf der Erde umher; er ist ja ein Zwölfbot, und Jesus hat gesagt: ›Gehet hin und lehret alle Völker!‹«

»Wer leitet denn die Kirche, wenn er nicht da ist?«

»Der Präsi. Er wird jedes Jahr in Langnau neu gewählt. In den letzten Jahren ist der Bauer im ›Fröschengraben‹ Präsi gewesen – wie vor ihm schon sein Vater. Aber man kann jederzeit einen andern wählen.«

»Wo liegt der ›Fröschengraben‹?«

»Zwischen Wiggen und Trubschachen.«

»Und was sind die Aufgaben dieses Praeses?«

»Er organisiert die Versammlung in Langnau. Streiten sich zwei Johanniter, so macht er Frieden zwischen ihnen. Und er zieht das Geld ein.«

»Geld?«

»Für den Solidaritätsfonds. Jede Familie gibt einen Prozent von dem ab, was sie im Jahr verdient. Gerät ein Johanniter in Not, hilft ihm der Präsi.«

Es war elf Uhr geworden. Die zwanzig Minuten der Putzfrau waren längst vorbei. Ich bezahlte, und wir kehrten ins Büro zurück. Der Regen hatte etwas nachgelassen.

»Was haben Sie getan, als Sie aus der Schule gekommen sind?«

»Da bin ich fünfzehn Jahre alt gewesen. Wir sind zehn Geschwister, und ich bin die Aelteste. Ich bin zuhause geblieben und habe der Mutter geholfen.«

»Bis wann?«

»Zwanzig Jahre lang. Sie fragen jetzt gewiss, warum ich nicht geheiratet habe; es ist nicht gegangen – wegen der Familie. Wir haben einen grossen Hof, und Knechte haben wir später nicht mehr gehabt. Schweizer hat man keine bekommen, es sei denn für ein Sündengeld, und einen Italiener haben wir nur einmal gehabt; nach einem halben Jahr hat ihn der Vater geschasst.«

»Warum?«

»Er ist bei mir zum Fenster hereingestiegen, während ich geschlafen habe. Ich bin aber schon mit ihm fertig geworden.«

»Wie haben Sie denn Ihren Mann kennengelernt?«

»Der älteste Bruder hat geheiratet, und seine Frau ist auf den Hof gekommen. Der Konrad – das ist der Jüngste – ist gerade achtzehn geworden, und mich hat man nicht mehr gebraucht. Mit der Schwägerin bin ich nicht gut ausgekommen, da hat der Vater gemeint, jetzt solle ich heiraten. Ich habe nie einen Lohn gehabt, aber der Vater hat mir jedes Jahr, seit ich zwanzig bin, tausend Franken auf die Seite gelegt. Beim nächsten Treffen in Langnau hat der Vater wissen lassen, dass ich jetzt zu haben sei. Der Edy ist zufällig dort gewesen und hat mich gesehen; der Suter Dani hat ihn mitgeschleppt. Am Sonntagabend ist der Edy auf dem ›Runkelboden‹ vorbeigekommen.«

»Ihr habt gewusst, dass er kein Johanniter ist?«

»Wir haben gedacht, er will einer werden – warum wäre er sonst zur Versammlung gekommen? Wenn ich den Edy nicht genommen hätte, hätte ich den Präsi nehmen müssen; die Frau war ihm vor kurzem gestorben. Der Präsi hat gelbe Zähne und riecht immer nach Schigg und Mottenkügeli. Gescheit ist er, aber ich hätte ihn ungern genommen. Gott sei Dank hat uns der Edy schon am Sonntag besucht, so habe ich dem Präsi sagen können, der Edy sei schon dagewesen, und ich hätte ihm zugesagt. Gott verzeih mir die Sünde!«

Frau Lötscher wurde rot und lachte plötzlich auf:

»Der Edy ist am nächsten Sonntag wieder gekommen – nach dem Nachtessen, wie das bei uns Brauch ist. Wir trinken sonst nur Schnaps, wenn wir krank sind, aber der Edy hat trotzdem einen bekommen. Um zehn sind die andern ins Bett, und die Mutter hat das Oellicht auf den Tisch gestellt und gesagt, er könne bleiben, solange es brennt, aber dann müsse ich in die Kammer und Edy den Berg hinunter; fensterlen gebe es bei uns nicht. Aber sie hat es gut gemeint, das Licht hat drei Stunden gebrannt. Wir haben uns gut gemocht. Der Edy hat gesagt, ich gefalle ihm, er brauche es sich gar nicht länger zu überlegen. Er sehe nur einen Haken: Er sei in Langnau zum ersten und zum letzten Mal dabeigewesen; er sei kein Johanniter und wolle auch keiner werden; ob mir das etwas ausmache? Ich habe gesagt, mir nicht, aber den Eltern. Da hat Edy gemeint, wir wollen ihnen den Glauben lassen, und ich soll ruhig angeben, er sei auf dem Weg der Bekehrung. Die Hochzeit ist bei den Johannitern sowieso nur zivil.«

Wieder lachte Frau Lötscher:

»Was habe ich in der Woche damals für eine Angst ausgestanden, dass er es sich noch anders überlegt und am Samstag nicht kommt! Und wie habe ich gezittert, wie dann der Cäsar gebellt hat und der Edy den Weg heraufgekommen ist. Er ist gleich zum Vater in den Stall, und dann haben sie mich gerufen, und ich habe ja gesagt. Am Sonntag bin ich mit den Eltern nach Marbach gefahren, und wir haben uns die ›Schwand‹ angeschaut. Sie ist kleiner als der ›Runkelboden‹, besonders das Haus, aber die Eltern sind zufrieden gewesen. Mir hat besonders die Aussicht gefallen: aufs Dorf hinunter und hinüber auf die Schrattenfluh. Gerade gegenüber geht die Seilbahn hinauf – auf den Lochsitenberg. Im Winter sieht man die Piste mit all den Skifahrern. Die Eltern haben dem Präsi Bescheid geben lassen, und er hat zur Hochzeit einen Schinken geschickt.«

Ich zog die zweite Photographie hervor: ein breites, durchfurchtes, energisches Männergesicht, ein kurzer, blonder Bart, eher kleine Augen, um die der Schalk zu spielen schien. Auf dem Rücken des Bildes war zu lesen: Eduard Pankraz Bogumil Lötscher.

»Die Photographie dort ist vom letzten Jahr«, sagte meine Klientin.

»Wie alt ist Herr Lötscher?«

»Fünfundvierzig. Er ist der Älteste gewesen und hat warten müssen, bis seine zwei Schwestern aus dem Haus gewesen sind. Solange die Eltern gelebt haben, hat er nicht heiraten wollen. Beide sind 1960 gestorben. Er hat es auch jetzt nicht leicht, denn er muss den Schwestern Zins bezahlen, und der Daniel, der Hans und die Elsi wollen auch ihren Lohn.«

»Seid Ihr gut miteinander ausgekommen?«

Frau Lötscher errötete und antwortete zögernd:

»Wir haben schon hie und da Streit gehabt. Er hat meine fünfzehntausend Franken den Schwestern geben wollen – als Abzahlung. Damit bin ich nicht einverstanden gewesen. Dann hat er das Geld auf der Bank anlegen wollen – zum Verzinsen. Schliesslich haben wir es in der Truhe eingeschlossen. Aber sonst ist es gut gegangen. Im Sommer hat man fast keine Zeit für einander, aber im Winter haben wir es schön gehabt. Fort sind wir selten. Wenn ein Hörspiel am Radio gewesen ist, sind wir aufgeblieben; manchmal haben wir mit den Angestellten gejasst.«

»Und jetzt erzählen Sie mir, wie Ihr Mann verschwunden ist.«

»Das ist am 14. Juni gewesen. Der Edy hat von klein auf Freude am Fussball gehabt. Er hat auch jede Woche den Totozettel ausgefüllt; manchmal hat er etwas gewonnen, aber nie viel. Und alle paar Wochen einmal ist er zu einem Spiel. Meistens ist er nach Bern gefahren – zu den Young Boys, aber manchmal auch nach Luzern oder Langnau. Am 14. Juni ist ein Freundschaftsspiel gewesen – Langnau gegen Burgdorf Senioren oder so etwas. Hans ist schon am Morgen nach Steffisburg; sein Meitschi ist dort, und er hat den VW mitgenommen. Wir haben früh gegessen, und der Edy ist um elf weg aufs Postauto; es fährt gegen halb zwölf. In Wiggen ist er umgestiegen; man muss lange warten, bis der Zug nach Langnau kommt.«

Ich nahm den Fahrplan zur Hand; Marbach ab: 11.22, Wiggen an: 11.34; Wiggen ab: 12.12, Langnau an: 12.24.

Frau Lötscher fuhr fort:

»Der Match hat um zwei Uhr angefangen, und der Edy hat sich ins Bahnhofbuffet gesetzt, etwas gegessen und ein Bier bestellt – das weiss ich von Herrn Muntwyler. Es sind noch andere im Buffet gewesen – der Rösch Peter aus den Hilfern, der Boller Thomas vom Schärlig – und eben die Käthi Lenz. Die hat auch gegessen und auf den Zug nach Burgdorf gewartet. Um ein Uhr ist der Edy weggegangen. Die andern sind später aufgestanden und zum Fussballplatz hinaus spaziert. Die Käthi ist noch lange dort gesessen; ihr Zug ist erst um zwei gefahren.«

»Und das ist das letzte, was man von den beiden gesehen hat?«

Frau Lötscher nickte.

Ich blickte auf die Uhr: zwölf vorbei. Gerne hätte ich Frau Lötscher irgendwohin zum Essen mitgenommen, aber ein zu enger Kontakt mit Klienten ist – in meinem Beruf – nicht von gutem. Ich stand auf und sagte, dass ich in den nächsten Tagen, vielleicht am Donnerstag oder Freitag, in Marbach vorbeikommen werde. Frau Lötscher machte ein langes Gesicht, deshalb fügte ich hinzu:

»Machen Sie sich keine Sorgen; ich gehe noch heute an die Arbeit. Aber zuerst erledige ich per Telefon, was per Telefon erledigt werden kann. Denken Sie an die Spesen!«

»Meinen Sie, dass Sie den Edy finden?«

»Garantiert!« sagte ich.

Ich half Frau Lötscher in den Mantel und erinnerte sie an den Schirm. Zehn Minuten später war ich im Migros und kaufte Brot, Margarine, Milch und eine Büchse Ravioli; dann eilte ich die Museggstrasse hinauf. Für die Mittagsnachrichten war es zu spät, ich hörte nur noch den Wetterbericht.

Vorbemerkung zum Tagebuch Hans Wiederkehrs

Am Sonntag, den 31. August 1986, überreichte mir mein Onkel Max Frei, früher Kriminalbeamter in Zürich, später Privatdetektiv in Luzern und jetzt Insasse des Jakobsheims daselbst, den ersten Teil seines Berichts »Neun Tote im Emmental (Der Fall Lötscher)«, dazu eine Kurzgeschichte mit dem Titel »Ein giftiger Steinpilz«. In den folgenden Wochen nahm ich wohl oder übel die Fortsetzungen des Berichts in Empfang, den Onkel Max eine Woche vor Weihnachten 1986 abschloss. Insofern auch dieser Kriminalbericht nicht in meinem kleinen, auf Theologie spezialisierten Verlag erscheinen wird, kann ich für Gehalt und Tendenz des Werks nicht zur Verantwortung gezogen werden.

Wieder habe ich – ohne Wissen des Autors – unpassende und Dialektausdrücke ersetzt oder gemildert; solche Stellen sind durch signierte Klammern (Hg. = Herausgeber) bezeichnet. Dass ich den Dialekt in Schriftsprache wiedergebe, habe ich schon irgendwo erwähnt. Auch in diesem Fall erwies sich das Manuskript trotz seiner Weitschweifigkeit als literarisch zu wenig gewichtig, so dass ich es wiederum durch Stellen aus meinem Tagebuch ergänzen musste – Eintragungen, die sich auf die Entstehung dieses Kriminalberichts vom 31. August bis vor Weihnachten 1986 beziehen. Ich befinde mich hier in der illustren Gesellschaft Thomas Manns und Umberto Ecos, die den »Doktor Faustus« bzw. den »Namen der Rose« ebenfalls mit Texten zur Entstehung jener Bücher begleiteten. Während ich die nachträglichen Texte der eben erwähnten Autoren für eher trivial halte, ist im vorliegenden Buch die Trivialität leider im Haupttext selbst zu suchen.

Auf Wunsch von Onkel Max erscheinen auch seine Memoiren (über diese später!) und andere kriminelle Banalitäten im Anhang; sie alle wurden im Herbst 1986 geschrieben und sind Reaktionen auf Onkel Maxens damalige Lektüre. Leider bin ich an dieser nicht unschuldig und bitte deshalb den geneigten Leser um Verzeihung. Es ist mir nicht möglich, Einfluss auf die Auswahl der Texte im Anhang zu nehmen, da ich Onkel Maxens Universalerbe bin und diesen Status nicht verlieren möchte.

Tagebuch, 1. September 1986

Habe den gestern erhaltenen ersten Teil des Berichts über die Leichen im Emmental gelesen. Ich nehme an, dass entweder die Fremdarbeiterin den Lötscher oder dieser die Fremdarbeiterin umgelegt hat; zuerst verlieben sich die Kerle und reissen aus; bald einmal gehen sie sich auf die Nerven und murksen sich gegenseitig ab. In der Ehe ist es nicht viel anders.

Die Pilzgeschichte ist erschreckend brutal – ein Brutalokrimi. Ich bin froh, dass es heute keine Pilze mehr gibt; der saure Regen hat doch auch sein Gutes!

Mein Verlag zieht wieder an. Muss morgen zahlreiche (acht) Bestellungen ausführen. Man merkt es: Die Sommerferien sind vorbei, die Schulen laufen wieder an.

Tagebuch, 6. September 1986

Heute ist Onkel Max in den Verlag gekommen und hat das zweite Kapitel gebracht. Man sieht ihm seine siebzig Jahre wirklich nicht an, aber das heisst nicht viel: Mancher Boskopapfel sieht aussen goldrot aus und ist innen faul; das habe ich oft erleben müssen, wenn ich beim Coop Kochobst gekauft und erwartungsvoll in einen schönen Apfel gebissen habe; aussen fix und innen nix!

Ich habe Onkel Max Friedrich Dürrenmatts »Der Richter und sein Henker« für 12.80 abgegeben – die gebundene Ausgabe bei Benziger, die meine Frau als Buchpreis beim letzten »Beobachter«-Wettbewerb gewonnen hat.

Der Fall Lötscher, 2. Teil

Raymond Muntwylers Privat- und Geschäftsnummer erhielt ich von der Telefonauskunft. Ich rief gleich an der Bahnhofstrasse 61 an; um Viertel vor eins sind Nachrichten und Mittagessen vorbei, aber man hat sich noch nicht zum Mittagschläfchen hingelegt. Ich hatte Glück, der »Polizeier« war zuhause.

Jawohl, er werde mich gerne treffen; heute sei er schon um vier Uhr frei, da er am Samstag Nachtdienst gehabt habe. Ich schlug im Fahrplan nach: Um 14.05 fuhr ein Bummler, der 15.30 in Langnau war. Gut, ich solle im Bahnhofbuffet auf ihn warten, er werde gleich nach vier dort sein. Wenn ich das »Vaterland« in der Hand halte, werde er mich bestimmt erkennen – diese Zeitung lese in Langnau niemand.

Muntwyler sprach freundlich, aber bestimmt. Dem Tonfall nach war er kein Berner, sondern ein Ostschweizer.

Ich öffnete eine Büchse Ravioli und ein Glas Majonnaise und löffelte beides aus. Meine Frau hatte mich einen Barbaren genannt, nur weil ich kalte Ravioli fürs Leben gern esse.

Als ich kurz nach ein Uhr aus dem Fenster blickte, jagten graue, schwere Wolken in Richtung Westen davon. Neben dem Stanserhorn war schon ein Stück blauer Himmel zu sehen: lokaler Föhn. Ich suchte den Knirps und steckte ihn zuunterst in die kleine Mappe. Ihm folgten ein Röhrchen Treupel für allfälliges Kopfweh, das Notizbuch, das Kursbuch, eine Packung Opal und Streichhölzer. Eigentlich war es noch zu früh für den Zug, aber ich wollte die regenfreie Stunde im Freien verbringen. Es liegt ein besonderer, frischer Geruch in der Luft, wenn die Sonne den gewaschenen Asphalt und die Ziegeldächer auftrocknet.

Ich bummelte die Weggisgasse entlang, über die Totentanzbrücke, dann an der Franziskanerkirche vorbei zum Pilatusplatz. Bei schönem Wetter freue ich mich wie ein Tourist über die alten Häuser, den Fluss, den See, die Schiffe, über Rigi, Pilatus und Bürgenstock.

Eine Viertelstunde vor Abfahrt war ich am Bahnhof. Am Kiosk besorgte ich mir das »Vaterland«. Ein Billet brauchte ich nicht zu lösen; ich hatte das Auto abgestossen und mir stattdessen ein Generalabonnement der SBB zugelegt. Es kostete damals 1580.– in der ersten Klasse und ersparte mir die Garage und den Ärger mit Reparaturen, Versicherungen und Nummernschildern. Von Luftverschmutzung und Waldsterben war noch nicht die Rede; mit einem gewissen Stolz darf ich mir heute sagen, dass ich ein Grüner war, bevor es Grüne gab.

Der Zug war beinahe leer. Die Strecke Bern–Luzern kenne ich zur Genüge, aber nach Escholzmatt betrachtete ich die Landschaft doch mit neuem Interesse: links das Schulhaus und die Kirche von Wiggen, gefolgt von der Abzweigung nach Marbach. Ein kurzer Tunnel, dann der Bahnhof Wiggen, daneben geparkt das Postauto nach dem Kemmeriboden. Jetzt die Abzweigung nach dem Schärlig – hier in der Nähe musste der Präsi wohnen. Schon hielten wir in Trubschachen – gleich nach der Bisquitfabrik. Nun blickte ich nach rechts aus dem Fenster: eine Bahnschranke, eine kurze Brücke; bald führte ein kleines Tal vom Haupttal weg. Dort hinten musste Emmenrüti liegen. Die Bahnschranke vor Bärau, das alte Schwimmbad, endlich der Bahnhof. Die Fahrt von Wiggen nach Langnau hatte dreizehn Minuten gedauert.

Auch das Bahnhofbuffet kannte ich von früher. Jetzt um halb vier war es fast leer. Ich bestellte einen Kaffee Träsch und legte das »Vaterland« neben mich auf den Tisch. Vor zwei Wochen und zwei Tagen hatten Eduard Lötscher und Katharina Lenz in diesem Raum gesessen.

Muntwyler war pünktlich; er sah so aus, wie ich ihn mir vorgestellt hatte: mittelgross, etwa vierzig, nicht gerade schlank, ein sicheres, selbstbewusstes Auftreten, Augen und Haare braun, Gesicht und Hände lederig, ein Knorpel neben der Nase – ein Bergsteigertyp; dieser Mann war nicht leicht aus dem Gleichgewicht zu bringen.

Die Serviertochter schien seine Gewohnheiten zu kennen; nachdem er sich mir gegenüber gesetzt hatte, streckte er einen Finger in die Höhe, und sie brachte einen Wermut mit Kirsch.

»Zum Wohl!« sagte ich.

»Auf das Ihrige!« meinte er.

Nachdem er mich eine Weile nachdenklich – mit vorgeschobener Unterlippe – betrachtet hatte, sagte er:

»Ich bin froh, dass Sie den Fall übernehmen. Uns sind die

Hände gebunden. Die Zentrale meint, die zwei seien zusammen abgehauen, und die 15 000.– versüssen ihnen das Leben. In Luzern denkt man ebenso. Die Arbeitsbewilligung der Lenz ist bis Ende Jahr gültig, also kein Anlass zur Kontrolle, ob sie ausgereist ist oder nicht. Dazu ist Ferienzeit, und die Ämter haben keine Lust, Sachen anzureissen, die nicht besonders dringend sind.«

»Darf ich ein paar Fragen stellen?«

»Schiessen Sie los!«

»Ist das richtig: Fräulein Lenz und Eduard Lötscher haben um 11.22 in Marbach das Postauto bestiegen und sind um 12.24 mit dem Zug hier angekommen. Dann sind sie mit zwei anderen hier an einem Tisch gesessen?«

»Dort rechts neben der Tür«, sagte Muntwyler, »der Lötscher und die Lenz haben je eine Bernerplatte und ein Bier bestellt.«

»Lötscher ist um ein Uhr weggegangen; sie ist erst um zwei in den Zug nach Burgdorf gestiegen. Der Zug fährt hier um 14.08 weg und ist 14.39 in Burgdorf. 14.49 hat Fräulein Lenz Anschluss nach Olten gehabt und ist von Olten nach Zürich oder Basel gefahren?«

Muntwyler nickte: »Tatsache ist, dass die zwei in Marbach zusammen aufs Postauto gewartet haben. In Wiggen hat ihr Lötscher den Koffer zum Zug getragen, ebenso hier vom Zug ins Buffet. In Wiggen hat die Lenz ein Billet Olten einfach gelöst, der Lötscher Langnau retour. Der Lötscher ist um ein Uhr aus dem Buffet verschwunden; nachher hat man von ihm nichts mehr gesehen oder gehört. Gegen halb zwei sind die zwei andern aufgebrochen, und die Lenz ist eine Weile allein am Tisch gesessen. Ursi Geel – die Serviertochter hier – hat gesehen, wie die Lenz dann den Koffer weggeschleppt hat. Der Schaffner erinnert sich, dass sie tatsächlich nach Burgdorf gefahren ist. Es hat sie dort niemand abgeholt, und sie hat den Koffer selbst durch die Unterführung aufs Oltner Perron getragen. Von diesem Punkt an fehlt jede Spur von ihr.«

»Seltsam«, meinte ich.

»Mehr als seltsam. Wenn die beiden schon heimlich zusammen abhauen wollen, warum dann im selben Postauto? Warum hier noch zusammensitzen? Sie hätte doch einen Tag früher fahren können, und dann hätten sie sich in Mailand oder sonstwo getroffen!«

»Wo ist die Lenz zuhause?«

»In Stuttgart.«

»Im ›Leuen‹ hat sie ordnungsgemäss gekündigt?«

»Eine Woche vorher.«

»Was hat sie als Grund angegeben?«

»Sie müsse nach Hause, die Mutter sei krank. Die Wirtin hat es nicht geglaubt; die Lenz hat nämlich vorher weder einen Brief noch einen Anruf von zuhause bekommen. Wie soll sie erfahren haben, dass die Mutter krank ist? Aber die Wirtin hat einen Ersatz auf Lager gehabt und keinen Ton gepiepst. Sie hat angenommen, die Lenz habe sich mit ihrem Schatz verkracht – die grosse Liebesenttäuschung, und da flieht man halt dahin, wo man sich ausweinen kann.«

»Dieser Schatz ist nicht der Lötscher gewesen?«

»Nein, der Sekundarlehrer. Ein gewisser Werner Stoller, kommt aus Sempach. Aber eben, vielleicht ist es gerade der Seelenschmetter gewesen, der sie dem Lötscher in die Arme getrieben hat. Gut ausgekommen sei sie mit ihm, sagt die Wirtin. Möglich, dass der Eduard Lötscher einer von diesen Heimlifeissen ist; er wäre nicht der einzige im Emmental, der es faustdick hinter den Ohren hat.«

»Was sagt der Sekundarlehrer dazu?«

»Der hat seit drei Wochen Ferien und soll im Tessin oder in Italien sein. Ich kann Ihnen die Adresse seiner Eltern geben.«

Ich schrieb sie mir auf, auch die Telefonnummer.

»Wie alt ist dieser Stoller?«

»Fünfundzwanzig. Die Dorfschönheiten sind, scheint es, scharf hinter ihm her; so ein Lehrerhaushalt besorgt sich leichter als ein Bauernhof.«

»Haben Sie auch die Adresse von Käthis Mutter?«

Muntwyler zog einen Brief aus der Tasche:

»Den wollte ich Ihnen zeigen – er ist am Montag nach Käthis Abreise eingetroffen.«

Der Brief war an Frl. Katharina Lenz, Hotel ›Leuen‹, Marbach LU, Schweiz adressiert. Der Umschlag enthielt ein handbeschriebenes Blatt; es schien von Käthis Mutter zu stammen, die sich für einen Brief vom 15. Mai bedankte. Es gehe ihr gut, wenn man ihr Alter bedenke, aber sie habe soviel zu tun, dass sie nicht früher zum Schreiben gekommen sei. Es folgten Informationen über den Vater, der viel reise, aber wenig verkaufe, und über einen Besuch von Onkel Alois. Sie alle hofften, Trinchen an Weihnachten wieder bei sich zu haben.

»Seit wann wissen die Eltern Lenz, dass ihre Tochter verschwunden ist?«

»Seit zwei Wochen. Ich habe gestern wieder mit der Mutter telefoniert. Sie habe noch immer nichts von Trinchen gehört; aber das beunruhigt Frau Lenz nicht. Trinchen sei schon zweimal mit ›Herrschaften‹ in die Ferien gefahren, ohne vorher jemandem etwas gesagt zu haben.«

Während ich die Adresse von Frau Hulda Lenz-Huber notierte, streckte Muntwyler einen Finger in die Höhe, und Ursi brachte einen zweiten Wermut-Kirsch. Ich schob das Notizbuch in die Mappe und fragte, wie er sich Eduard Lötschers Verschwinden erkläre. Muntwyler runzelte die Stirn und schüttelte nachdenklich den Kopf:

»Mit dem Lötscher ist das eine seltsame Geschichte. Wenn er wirklich das Geld genommen hat, warum hat er das Schloss an der Truhe aufgesprengt? Am nächsten Tag hat seine Frau die Bescherung sofort gesehen; hätte er den Schlüssel gebraucht, hätte sie vielleicht heute noch nicht gemerkt, dass das Geld verschwunden ist. Und warum hat er sonst nichts mitgenommen? Nicht einmal die Zahnbürste fehlt!«

»Hat er einen Pass?«

»Nein, aber einen Führerschein.«

»Also ist er wohl nicht nach Deutschland gereist?«

»Bei Rheinfelden, Säckingen oder Konstanz kann man auch ohne Papiere über die Grenze. Für Frankreich und Italien genügt der Führerschein. Und warum sollten sie die paar Tausender nicht in der Schweiz durchbringen? Unter falschem Namen ein Bungalow mieten – das ist doch gang und gäbe. Pass hin oder her – Lötscher kann überall sein.«

»Nach allem, was mir Frau Lötscher erzählt hat, ist ihr Mann Bauer mit Leib und Seele und nicht ein Typ, der alles im Stich lassen würde?«

Muntwyler zog die Brauen hoch:

»Das ist schwer zu beweisen. Wenn einer ausreisst, dann zwischen vierzig und fünfzig; religiös ist er nicht. Die Bigotterie seiner Frau kann ihm auf die Nerven gegangen sein. Stellen Sie sich vor: Sie hat sich geweigert, ihr Geld auf der Bank anzulegen! Eines Tages hat er sich gesagt: So, jetzt reicht's, ich will noch etwas vom Leben haben; lieber noch ein paar Wochen mit einer hübschen Jungen als ein paar Jahre mit der Judith.«

»Mit einer Käthi Lenz? Schwer zu glauben! Diese Judith Lötscher weiss es nicht, aber sie hat eine göttliche Figur und ein Engelsgesicht!«

»Haben Sie das auch gemerkt? Aber vielleicht hat ihm das Käthlein gerade deswegen in die Augen gestochen: etwas Kleines, Zartes, etwas Anschmiegsames, Schutzbedürftiges.«

Ich rief nach einem zweiten Kaffee Träsch; dann fragte ich: »Was sagen die Knechte?«

»Ich habe die beiden nur einmal gesehen. Der eine, der an jenem Sonntag mit Lötschers VW in Thun gewesen ist, scheint normal zu sein und weiss von nichts. Der andere ist ein seltsamer Kauz, ein Johanniter und geistig beschränkt. Er kann nicht recht reden und brummt nur so einzelne Worte vor sich hin. Er meint, der Teufel habe Lötscher geholt.«

»Ist Ihnen der Praeses der Johanniter schon über den Weg gelaufen?«

»Der Bauer im ›Fröschengraben‹? Seit ich hier bin, seit 1961, holt er jedes Jahr die Bewilligung für die Jahresversammlung bei uns. Es ist nichts gegen ihn bekannt. Er ist ein eher stiller Mann, sieht nach gar nichts aus. Er fährt einen älteren weissen Mercedes. Ja doch, da fällt mir etwas ein; vor zwei Jahren haben wir Ärger mit ihm gehabt. Im ›Hirschen‹ ist plötzlich ihr Johannes aufgetaucht, hat eine Predigt gehalten und ist wieder verschwunden. Während man Geld für die Mission eingesammelt hat, hat einer behauptet, der Johannes sei ein entlaufener Zuchthäusler aus dem Solothurnischen; das hat zu einer Schlägerei geführt, und wir haben eingreifen müssen. Wer dieser Johannes wirklich gewesen ist, haben wir nicht herausgefunden. Der Präsi hat steif und fest behauptet, es sei der wahre Jakob – also der Apostel selbst – gewesen. Die glauben ja tatsächlich, dass Johannes nicht gestorben sei und hier das letzte Gericht vorbereite. Den Glauben können wir ihnen nicht verbieten – und ein Wunder auch nicht, wenn es keinen Schaden anrichtet.«

Ich fragte Muntwyler, ob er mir noch andere Hinweise geben könne.

»Ich habe Ihnen alles gesagt, was wir wissen. Am nächsten Montag fahre ich in die Ferien nach Braunwald. Soll ich Ihnen meine Adresse dort aufschreiben?«

»In fünf Tagen sei ich garantiert fertig, haben Sie Frau Lötscher versprochen.«

Muntwyler lachte:

»Die Emmentaler sind knorzig mit Geld. Fünfhundert – das geht noch, soviel ist ihr der Mann wert. Aber tausend?«

»Spotten Sie nicht! Die 500.– sind die Hälfte von dem, was ihr geblieben ist.«

»Glauben Sie das ja nicht, Herr Frei! Die haben alle noch ein paar Tausender im Salzfass oder in der Zuckerdose.«

Es war Viertel vor fünf geworden. Ich bezahlte für uns beide und reichte Muntwyler die Hand:

»Besten Dank und schöne Ferien, falls ich Sie vor Montag nicht wiedersehen sollte.«

»Sie entschuldigen, dass ich nicht mit Ihnen auf den Zug warte, aber meine Alte ...! Auf alle Fälle: Hals- und Beinbruch!«

Ich betrachtete die gelbe Liste der in Langnau abgehenden Züge. Erst 17.53 fuhr ein Schnellzug nach Luzern. Auf gut Glück bestieg ich den 16.48 nach Burgdorf. In Ramsei hatte ich Anschluss nach Sumiswald – Huttwil. 17.22 hielt der Zug in Weier – direkt vor dem »Kreuz« – dem Gasthof, der bei Jeremias Gotthelf »Ziberlihoger« heisst und wo man noch heute kocht wie einst Annebäbi Jowäger. Ich stieg aus und war der einzige Gast im Gotthelfstübchen. Über zwei Stunden lang kämpfte ich mich durch die zahlreichen Gänge des Taufessens in der »Schwarzen Spinne« durch.

Während des Essens überlegte ich mir, was nun zu tun sei. Die angebliche Sorglosigkeit von Mutter Lenz ging mir gegen den Strich. Ich entschloss mich, zuerst einmal die Spur von Käthi Lenz zu verfolgen und schlug im Kursbuch nach: Wenn ich 5.12 in Luzern wegfuhr, konnte ich 11.04 in Stuttgart sein – früh genug, um die Lenz-Hubers noch vor dem Mittagessen zu überraschen.

Der Zug von Weier nach Huttwil fuhr erst um halb neun. Als ich wohlgesättigt aus dem Gasthof trat, war der Himmel blutrot. Vom Zug aus sah ich zu, wie das Grün der Wiesen und Wälder dunkler und dunkler wurde. In Huttwil hatte ich gleich Anschluss nach Wolhusen. Nun ging es der nördlichen Seite des Napfgebiets entlang. Ich zog das Fenster auf; die Nacht war warm, und im Licht einzelner Sterne erriet man die einsamen, bewaldeten Höhen des Napf – eine unheimliche Landschaft, heidnisch und düster. Ob dort irgendwo der Johannes hauste?

In Wolhusen stieg ich zum vierten Mal um. Um 21.53 war der Zug in Luzern. Am Bahnschalter liess ich mir eine Rückfahrkarte Schaffhausen–Stuttgart schreiben. Die Wechselstube war bereits geschlossen; ich würde mir meine D-Mark in Stuttgart kaufen müssen.

Es war halb elf, als ich unter die Decke kroch. Den Wecker hatte ich auf halb fünf gestellt.

Tagebuch, 8. September 1986

Besuchte Onkel Max im Jakobsheim gegen vier. Er gab mir das dritte Kapitel seiner Emmentaler Mordgeschichte und eine Skizze mit dem Titel »Dr. Richter und sein Henker«. Ich merkte natürlich sofort, dass der Titel Friedrich Dürrenmatts tiefsinnigen Roman »Der Richter und sein Henker« parodieren sollte und begann mich wirklich zu ärgern. »Jetzt bist du über siebzig Jahre alt«, sagte ich, »da wäre es endlich Zeit, an den Tod zu denken. Zwar hoffe ich, dass du noch viele Jahre lebst, aber in deiner Situation wäre es doch angebracht, wenigstens theoretisch mit dem Leben abzuschliessen. Es interessiert weder Gott noch die Menschen, ob Lötscher mit der Lenz nach Italien oder Spanien durchgebrannt ist, hingegen wäre es eminent wichtig, dass du eine Lebensbeichte ablegst, dein sündiges Leben (wir alle sind Sünder, sogar ich!) überdenkst und bereust. Nimm dir Zeit und betrachte dein Leben, wie es der heilige Augustinus getan hat, schreibe auf, was du gefehlt hast, dann werden die Reuetränen von selber fliessen!« So oder ähnlich redete ich ihm ins Gewissen, und Onkel Max hörte aufmerksam zu und sagte auch nachher lange kein Wort. Schliesslich seufzte er und meinte, er wolle versuchen, gelegentlich ein paar Erinnerungen zu Papier zu bringen – zwischenhinein, wenn er gerade in Stimmung sei.

Der Fall Lötscher, 3. Teil

Mir träumte, es herrsche Krieg und ich hätte mich in einer Höhle im Napf versteckt. Johannes, ein Riese, war mir auf der Spur. Gott sei Dank war er zu gross, um zu mir in die Höhle kriechen zu können. Plötzlich vernahm ich einen fürchterlichen Lärm – beinahe wäre ich aus der Höhle gelaufen. Da sah ich – gerade noch zur rechten Zeit –, dass der Riese den Lärm verursachte, um mich aus meinem Versteck zu locken; mit einem kupfernen Stab schlug er auf gläserne und blecherne Glocken ein. Darauf falle ich nicht herein, sagte ich mir und kroch zuhinterst in die Höhle zurück. Eine Viertelstunde später erwachte ich trotzdem.

Den Lärm hatte der Wecker verursacht. Kein Kaffee, keine Dusche, es reichte gerade noch zum Rasieren. Um fünf vor fünf eilte ich mit der kleinen Mappe in der Hand aus dem Haus, und um 5.10 bestieg ich den Zug. Ich hatte auch keine Zeit mehr gehabt, im Büro Geld zu holen. Das Essen im »Ziberlihoger« und die Fahrkarte nach Stuttgart hatten meine Barschaft gewaltig reduziert. Ich zählte: siebzig Franken in der Brieftasche, einige Franken im Portemonnaie.

Während des Umsteigens in Zug hatte ich Zeit für einen Espresso. Die direkten Wagen von Ventimiglia nach Stuttgart waren zuhinterst angehängt. Die erste Klasse war leer, und ich schlief bis Schaffhausen. Hier wechselte ich in die gutbesetzte zweite Klasse. Im Abteil sassen vier Italiener, die aus dem Heimaturlaub zurückkehrten. Sie waren offensichtlich bedrückt und boten mir Kaffee aus einer Thermosflasche an. Ich verteilte meine Stumpen unter sie und vernahm, dass sie alle vier in derselben Fabrik in Backnang arbeiteten.

Am Hauptbahnhof in Stuttgart wechselte ich die Fünfzigernote und zeigte den Zettel mit der Lenzschen Adresse einem Taxifahrer. Es sei nicht weit – gleich neben dem Güterbahnhof. Ich bezahlte acht Mark, als ich vor dem Haus Brunnerstrasse 15 ausstieg.

Vor mir erhob sich ein vierstöckiger Wohnblock aus verrauchten Backsteinen, dessen Fassade sich nach beiden Seiten endlos weiterzuziehen schien. Alle paar Meter ein Eingang: zwei Treppenstufen, die zu überdachten Türen führten. Linkerhand im Eingang zu Nummer 15 befanden sich acht Klingelknöpfe; die Namen daneben waren kaum mehr lesbar oder fehlten ganz. Ich stiess die Tür auf und betrat einen dunkeln Flur. Es roch nach gebratenen Zwiebeln und Knoblauch; hinter einer Wand redete eine Frau auf ein heulendes Kind ein.

Der dunkle Korridor endete vor einer Treppe. Links – in Augenhöhe – war ein Brett angebracht, auf dem acht Briefkästen und einige Milchflaschen standen. Trotz der Dunkelheit liessen sich die Namen hier besser entziffern. Ich stieg vier Treppen hoch. Ein Eimer und ein Schrubber standen vor der Wohnung links. Das Schild auf der Türe rechts war nur fragmentarisch erhalten, aber »Lenz-Huber« konnte der Name nicht lauten. Die Tür links war einen Spalt weit geöffnet; unter der Klingel befand sich kein Name.

Ich klingelte links: keine Reaktion. Ich klingelte wieder; hinter der Türe rechts näherten sich leise Schritte. Sollte ich einfach eintreten? Was würde ich finden? Eine Leiche?

Ich presste den Zeigefinger zum dritten Mal auf den Knopf. Da vernahm ich das Rauschen einer Wasserspülung. Im Innern der Wohnung wurde eine Tür zugeschlagen, die Tür vor mir wurde aufgerissen, und eine dickliche Frau in einer schmutzigen Schürze und mit einem Tuch um den Kopf stand vor mir.

»Was soll's?« brummte sie.

Ich hielt den Zeigefinger der rechten Hand an die Lippen und deutete mit der Linken auf die gegenüberliegende Wohnung. Sie verstand mich augenblicklich.

»Bitte treten Sie ein!«

Nachdem sie die Wohnungstür hinter mir zugeworfen hatte, sagte sie:

»Das hintere Zimmer links!«

Die Stube war nicht ungemütlich. Vor dem Fenster befand sich ein Sofa. In der Mitte des Zimmers stand ein Esstisch mit vier Stühlen. Rechts neben der Tür tickte eine bauchige Standuhr, und links lehnte sich ein schmales Buffet gegen die Wand. Durchs Fenster erblickte ich einen Hinterhof mit einer Stange zum Teppichklopfen und einer Wäschehänge, an der zwei Kinder turnten.

Ich setzte mich aufs Sofa, während die Frau unter der Türe stehen blieb und sich die Schürze aufknöpfte.

»Ich bin diese Woche an der Reihe – das Treppenhaus sieht furchtbar aus«, sagte sie – wie zur Entschuldigung.

»Sie sind doch Frau Lenz?« fragte ich.

»Die bin ich. Hat mein Mann etwas angestellt?«

»Nicht dass ich wüsste.«

»Er ist auf der Reise. Vor Samstag kommt er nicht zurück.«

»Es ist wegen Ihrer Tochter. Mein Kollege Muntwyler hat Sie vorgestern angerufen.«

»Ich habe mir doch gedacht, dass Sie ein Schweizer sind. Sind Sie von der Polizei?«

»Detektiv.«

»Ich kann nur wiederholen, was ich schon am Telefon gesagt habe: Wenn Trinchen gekündigt und den Koffer gepackt hat, dann ist sie jetzt in den Ferien – vielleicht mit diesem Herrn ...«

»Lötscher.«

»... Lötscher oder mit sonst jemand. Vorletztes Jahr ist sie mit jemand in Alassio gewesen, und das Jahr zuvor in Rimini.«

»Kennen Sie die Namen und Adressen dieser Herren?«

»Nein, aber Sie können Maja fragen.«

»Wer ist Maja?«

»Trinchens Freundin. Letztes Jahr haben sie ein Inserat in die Zeitung gesetzt: ›Zwei Freundinnen suchen ...‹ und so weiter, und dann haben sich zwei motorisierte Gentelmens gemeldet, und sie haben zu viert eine Reise nach Schweden gemacht.«

»Wo finde ich Maja?«

»In Zürich, sie arbeitet in einer Bar. Tempus heisst sie, aber die Adresse habe ich nicht. Sie weiss bestimmt, wo Trinchen ist – wenn sie nicht wieder zu viert in die Ferien gefahren sind.«

Ich muss unwissentlich eine missbilligende Miene aufgesetzt haben, denn Frau Lenz fuhr eifrig fort:

»Was wollen Sie? Die jungen Leute sind nicht mehr so wie früher; sie wollen das Leben geniessen. Schauen Sie mich an«, Frau Lenz wies auf die Schürze, »was habe ich vom Leben gehabt? Geheiratet, zwei Kinder, eines in Australien; der Mann reist für alles mögliche, aber zu Ferien reicht's nie. Wenn ich noch einmal zurück könnte, ich würde es machen wie Trinchen; mit dreissig kann man noch lange heiraten – und auch mit fünfzig! Die pfeifen heute auf die Pfarrer – mit Recht. Mit der Pille braucht man die Angst vor den Unehelichen nicht mehr zu haben. Das ist doch die ganze Moral gewesen, die wir gehabt haben – Angst vor einem Kind.«

Frau Lenz seufzte. Bevor sie weiterfahren konnte, fragte ich:

»Wenn ich Sie recht verstanden habe, arbeitet Maja Tempus in einer Bar in Zürich. Den Namen der Bar wissen Sie nicht?«

Frau Lenz schüttelte den Kopf; dann fiel ihr etwas ein, und sie eilte aus dem Zimmer; zwei Minuten später kehrte sie mit Briefen in der Hand zurück. Umständlich holte sie eine Brille hervor, schob einen Stuhl zurecht und setzte sich an den Tisch:

»Das sind nicht die einzigen Briefe, die Trinchen geschrieben hat, aber die andern kann ich im Moment nicht finden.«

Sie betrachtete die Daten auf den Umschlägen und schob einen davon über den Tisch:

»Das ist der letzte: 15. Mai. Lesen Sie ihn ruhig! Ich sehe unterdessen die zwei andern durch.«

Der Text war banal; es gefalle ihr in Marbach nicht schlecht; es sei zwar ein Kaff, aber der ›Leuen‹ sei immer voll, und sie verdiene gut. Kein Wort über den Sekundarlehrer oder über Lötscher.

»Hier«, sagte Frau Lenz. Sie reichte mir einen andern Brief; er war vom 20. Januar datiert. Käthi schrieb, sie sei vor zwei Wochen in Marbach angekommen und wolle nur schnell ihre genaue Adresse mitteilen. Sie habe bei Maja übernachtet, die eine tolle Stelle in der Tutti-Frutti-Bar habe. Ich notierte mir den Namen.

Frau Lenz gab mir auch den dritten Brief; er war am 10. Dezember 1963 in Sursee geschrieben worden. Käthi meldete sich zu Besuch für Weihnachten an. Im kommenden Jahr habe sie eine bessere Stelle in Aussicht – in Marbach, einem neuen Winterkurort mit Sesselbahn und Skilift.

Ich gab die Briefe zurück:

»Vielleicht, dass Maja Tempus uns weiterhelfen kann. Auf alle Fälle besten Dank! Und wenn Sie von Ihrer Tochter hören sollten, rufen Sie doch gleich Herrn Muntwyler an! Hat er Ihnen seine Nummer gegeben?«

»Hat er!«

Ich verabschiedete mich unter der Wohnungstür, stiess den Schrubber um, stellte ihn wieder hin und eilte die Treppe hinunter. Unter der Haustür blickte ich auf die Uhr: 11.50. Der nächste Zug nach Schaffhausen fuhr erst 14.41. Vielleicht erwischte ich noch den 12.06 nach Karlsruhe. Tatsächlich, an der Hauptstrasse vorn verliess ein schwarzgekleideter Herr ein Taxi; der Fahrer nahm mich mit und setzte mich um 12.03 beim Seiteneingang des Bahnhofs ab. Wäre der Zug pünktlich gefahren, hätte ich ihn allerdings nicht mehr erreicht.

Die Rückfahrkarte Schaffhausen–Stuttgart hatte mich 35.80 gekostet. Die einfache Fahrt wäre auf 19.60 zu stehen gekommen. Der Preis einer einfachen Karte Stuttgart–Karlsruhe–Basel betrug genau dreissig Franken, und so musste ich dem Schaffner den Unterschied in D-Mark plus eine Strafgebühr entrichten.

Meine Kasse hatte einen derartigen Tiefstand erreicht, dass ich mir kein Sandwich mehr leisten durfte; am Bahnhof in Karlsruhe kaufte ich mir zwei Semmeln zu je dreissig Pfennig. Der Schnellzug von Lübeck nach Genf fuhr 13.31 in Karlsruhe weg und deponierte mich 15.45 in Basel SBB. 15.59 hatte ich Anschluss nach Zürich, wo ich 17.10 den Zug verliess.

Als erstes begab ich mich in eine Telefonkabine und schlug die Adresse der Tutti-Frutti-Bar nach. Sie befand sich jenseits der Limmat, nicht weit vom Central. Ich beschloss, nicht anzurufen und gleich selbst vorbeizugehen. Da fiel mir ein, Maja Tempus könnte auch ein eigenes Telefon besitzen. Ich blätterte zurück, stiess aber nicht auf ihren Namen.

Die Tutti-Frutti-Bar lag an einer Gasse, die vom Limmatquai zur Niederdorfstrasse hinaufführt. Sie lag zwei Treppen hoch und bestand aus einem einzigen, in düsteres Rot getauchten Raum: zwei Tische mit Bänken und je drei Stühlen, dazu eine Theke mit acht Hockern. Hinter der Theke standen die üblichen Flaschen vor einer Spiegelwand. In der Ecke über einem Ausguss hatte man Gläser verschiedener Grösse über die Zacken einer Egge gestülpt; an der Decke waren Schnüre befestigt, an denen Kokosnüsse, Bananen, Orangen und andere Früchte baumelten.

»Wir öffnen um sechs«, sagte eine Stimme vom Ausguss her.

»Sie kennen nicht zufällig ein Fräulein Maja Tempus?« fragte ich.

Die Person am Ausguss trocknete sich die Hände und trat hinter der Theke hervor. Sie besass eine schlanke, knabenhafte Figur und ein hübsches, blondes Köpfchen; eine gepflegte Dame von etwa fünfundzwanzig Jahren stand vor mir.

»Entschuldigen Sie, aber Sie selbst sind wohl Fräulein Tempus?«

»Sagen Sie Maja zu mir! Was kann ich für Sie tun?«

»Ich komme wegen Katharina Lenz.«

Maja blickte mich überrascht an:

»Wegen Trinchen? Was ist mit Trinchen?«

»Sie ist seit zwei Wochen spurlos verschwunden.«

Maja blickte mir einige Sekunden fragend in die Augen, dann brach sie in schallendes Gelächter aus, setzte sich auf einen Hocker und wies ihre hübschen Füsse vor. (»Füsse« statt höherliegender Körperteile eingesetzt – Hg.) Sie griff nach einer Serviette und betupfte sich die Augen – wohl um das Makeup zu retten.

»Also vor zwei Wochen ist Ihnen Trinchen durchgegangen? Das finde ich echt cool!«

Maja lachte von neuem.

»Sie verstehen mich falsch. Ich habe Trinchen nie gesehen. Aber es besteht der Verdacht, dass sie sich mit einem Kriminellen abgesetzt hat.«

»Werni ist doch kein Krimineller!«

»Sie wissen also, wo sich Fräulein Lenz aufhält?«

»Das habe ich nicht gesagt. Sind Sie von der Polizei?«

»Luzern«, sagte ich.

»Bin ich verpflichtet, Ihnen mitzuteilen, wo sie sich befindet?«

»Mir nicht. Aber wenn Sie es mir nicht sagen, werden Sie in einer halben Stunde von der Kriminalpolizei Zürich verhört.«

»Was hat Werni denn angestellt?«

»Nichts. Nur eben, wir wissen nicht, ob Fräulein Lenz mit Werner Stoller in den Ferien ist oder mit Eduard Lötscher.«

»Wer ist Eduard Lötscher? Der Kriminelle?«

»Wahrscheinlich«.

»Sie ist mit Werni in den Ferien.«

»Woher wissen Sie das?«

»Werni und Trinchen haben sich ja bei mir getroffen!«

»Am Sonntag, den 14. Juni?«

»Genau. Am Sonntag ist Trinchen zu mir gekommen und hat bei mir auf der Bude übernachtet. Am Montag hat Werni sie abgeholt.«

»Um welche Zeit am Sonntag ist Fräulein Lenz bei Ihnen eingetroffen?«

»Gegen sechs.«

»Und wann sind die beiden weggefahren?«

»Am Montag gegen elf – mit Wernis Renault.«

»Wohin sind sie gefahren?«

»Das möchte ich lieber nicht sagen. Wernis Eltern wissen von nichts. Es sind Spiesser, die in einem Kaff bei Luzern leben. Werni ist der Oberpauker in Marbach. Er spielt die Orgel und dirigiert den Kirchenchor. Stellen Sie sich vor, es wird publik, dass er mit einer Serviertochter zelten geht! Das gäbe doch Terror von rechts!«

Ich setzte mich neben Maja an die Theke und erzählte ihr, warum wir Eduard Lötscher haben wollten – und warum die Polizei vermute, er habe – in Begleitung von Katharina Lenz – das Weite gesucht.

Maja schüttelte den Kopf:

»An ihren freien Tagen hat mich Trinchen mehrmals besucht, und anfangs Juni haben wir uns in Luzern getroffen. Da ist die Sache mit Werni schon in Butter gewesen. Von einem zweiten Goldhamster hat Trinchen kein Wort gesagt.«

»Den Namen Lötscher hat sie nie erwähnt?«

»Nie. Trinchen nimmt den Werni Stoller todernst und macht keine Kurven mehr; sie will terminal in den Stall. Letztes Jahr sind wir noch zu viert in den Urlaub, aber Trinchen ist jetzt total exklusiv – muss sie ja auch als Frau Lehrer!«

»Auf welchem Zeltplatz sind sie denn?«

»Ich weiss es nicht.«

Ich erinnerte mich, dass sich Stoller anscheinend im Süden befand, und fuhr fort:

»Wenn Sie die Aussage verweigern, wird die Polizei alle Campingplätze im Tessin abklopfen. Die Nummer von Stollers Wagen kann etabliert und am Radio ausgerufen werden. Das wollen Sie doch nicht?«

Maja überlegte eine Weile.

»Und wenn ich es verrate?«

»Zuerst will ich die beiden besuchen und sie fragen, was sie über Lötschers Verschwinden wissen. Darauf werde ich nach Langnau fahren und der Polizei diskret beibringen, dass man auf der falschen Spur gewesen ist.«

»Ehrlich?«

»Hand aufs Herz. Sic erweisen Ihrer Freundin den grössten Gefallen, wenn Sie mir sagen, wo ich sie finden kann.«

»Auf dem Zeltplatz zwischen Locarno und Ascona.«

Ich stand auf:

»Vielen Dank, aber warnen Sie die beiden nicht! Wenn ich sie morgen nicht finde, müsste ich mich doch noch ans Radio wenden.«

Maja schüttelte den Kopf:

»Am nächsten Sonntag wären sie sowieso zurückgekommen. Werni geht zu seinen alten Leuten, und Trinchen muss am 6. Juli in Zürich anfangen – im Café Gütschler.«

Maja begleitete mich zur Tür. Als ich die Treppe hinunterstieg, begegnete ich den ersten Gästen. Es war sechs Uhr.

Auf der Bahnhofbrücke blieb ich stehen und blickte ins vorbeiziehende Wasser, in dem sich die aus Westen wieder heranrollenden Wolken spiegelten. Lohnte sich die Fahrt nach Ascona?

Ich war überzeugt, dass ich Stoller und Käthi auch wirklich dort finden würde. Aber das Wort einer Maja Tempus würde der Polizei nicht genügen; ich musste die beiden selbst gesehen haben. Und vielleicht konnte mir Käthi weiterhelfen – schliesslich war sie die letzte, die Lötscher gesehen hatte.

Sollte ich bis morgen warten? Ich hatte Hunger, und ich brauchte Geld. Nun, die Reise kostete nichts. Ich wechselte die wenigen D-Mark zurück und setzte mich in den 19.05 nach Bellinzona. Es war derselbe Zug, der Stuttgart um 14.41 verlassen hatte und direkte Wagen nach Rom führte. 21.59 war ich in Bellinzona. 22.25 fuhr der letzte Bummler nach Locarno. Kurz vor elf Uhr nahm ich ein Taxi nach dem Zeltplatz.

Der Himmel im Süden war klar, die Temperatur angenehm. Das Taxi kostete fünfzehn Franken. Nun besass ich noch eine Zehnernote, ein Fünffrankenstück und einige kleinere Münzen.

Tagebuch, 21. September 1986

Traf Onkel Max nach dem Hochamt vor der Hofkirche und begleitete ihn ins Jakobsheim. Gratis Kaffee und Kuchen dortselbst. Es falle ihm schwer, Memoiren zu schreiben, klagte er. Er sei verdammt (sein Wort!) froh, dass er nicht mehr jung sei.

Auf die Frage, ob ich den dritten Teil gelesen habe, antwortete ich wahrheitsgemäss mit Ja, fügte aber hinzu, dass er die Reise nach Stuttgart ruhig hätte weglassen können, sie habe ja doch nichts gebracht. Auch die Fahrzeiten und Fahrpreise von damals interessierten heute niemand, und ob das Geld nun für zwei Semmeln gereicht habe oder nicht, sei für den modernen Leser irrelevant. Er schreibe ja auch nicht darüber, wann er jeweils Stuhlgang gehabt oder wann und wo er ein Urinoir aufgesucht habe. Die Daten über die Zufuhr von Nahrung in den Darm seien keineswegs wichtiger als die Daten über das Austreten besagter Nahrung aus Darm und Blase. Onkel Max meinte darauf, er würde die Daten über das Sch... und Pi... (gekürzt – Hg.) genauestens mitliefern – nur schon des von ihm angestrebten Realismus wegen, aber es sei ihm leider nicht möglich, diese Daten heute – nach 22 Jahren – abzurufen, da er sie damals leider nicht gespeichert habe, während er die Fahrpreise und Fahrzeiten von 1964 noch immer im Kopf habe.

Onkel Max gab mir noch eine Erzählung mit dem Titel: »Grins-Märchen: Die klugen Leute.« Ich habe diese Geschichte mit Ueberraschung und Ehrfurcht gelesen; ich hätte es Onkel Max nicht zugetraut, mit derartigem Ernst und Realismus das Schicksal von Philemon und Baucis im 20. Jahrhundert nachzuzeichnen. Woher er nur den Titel hat? Und warum Grins-Märchen? Da gibt es doch gar nichts zu lachen!

Der Fall Lötscher, 4. Teil

Der Zeltplatz an der Maggia war damals einer der grössten der Schweiz. Die Zahl der Zelte und Wohnwagen war Legion. Dem Nachtkassier am Eingang war kein Werner Stoller bekannt. Es befänden sich Dutzende von Renaults hier – möglicherweise auch zwei oder drei mit Luzerner Schildern. Einen Tip könne er mir geben: Die begehrtesten Plätze seien diejenigen in der Nähe des Ufers; wer also schon seit zwei Wochen hier sei, dürfte sich zu diesem Zeitpunkt bis in die Nähe des Wassers herangearbeitet haben. Gegen Hinterlegung von fünf Franken stellte er mir eine Taschenlampe zur Verfügung. Die Wege waren zwar diskret beleuchtet, aber nicht so, dass man die Nummern von Wagen, die im Schatten der Bäume standen, hätte erkennen können.

Nach langem systematischem Zickzackwandern – ich hatte bestimmt zwei Kilometer zurückgelegt, und der Lichtstrahl meiner Lampe war schwächlich geworden – stand ich endlich neben einem Renault mit Luzerner Schild. Das Zelt daneben hatte ein Vordach, worunter sich ein Tischchen und zwei Faltstühle befanden. Im Innern des Zelts flackerte eine Lampe. Auf einem der Stühle sass ein jüngerer Mann in Jeans und Pullover und paffte an einer Pfeife.

»Guten Abend, Herr Stoller«, sagte ich.

Die Pfeife fiel ins Gras; während Stoller sich bückte, verlöschte im Innern des Zelts das Licht. Ich leuchtete mit meiner Lampe, so dass Stoller seine Pfeife finden konnte.

»Kenne ich Sie?« fragte Stoller, während er die Pfeife ausklopfte.

Ich stellte mich vor und bat ihn, die Störung zu so später Stunde zu entschuldigen. Eduard Lötscher aus Marbach sei verschwunden, und Käthi Lenz sei die letzte, die ihn gesehen habe. Deshalb müsse ich sie sprechen.

»Und woher wissen Sie, dass Fräulein Lenz hier ist?«

»Von Maja Tempus.«

Stoller überlegte einen Augenblick, dann sagte er:

»Käthi, komm heraus, und bring die Lampe!«

Käthi Lenz sah hübscher aus, als es die Photographie hatte vermuten lassen. Sie trug kurze helle Hosen und eine blaue Jacke. Sie hatte eine ausnehmend zierliche Figur; ein wilder blonder Schopf umrahmte ein gebräuntes, rundliches Gesicht. Eine Ähnlichkeit mit ihrer Mutter war nicht zu erkennen. Sie stellte die Lampe auf den Tisch und liess sich auf den zweiten Stuhl fallen; mich übersah sie geflissentlich und sagte zu Stoller:

»Das darf doch nicht wahr sein! Maja hat uns nicht verpetzt!«

Stoller überliess mir seinen Faltstuhl und setze sich ins Gras. Während er seine Pfeife von neuem stopfte und Käthi den Rauch einer Zigarette durch die Nase blies, berichtete ich über Lötschers Verschwinden und den Verdacht der Polizei, dass er mit Käthi zusammen ausgerissen sei. Ich erzählte von meiner Reise nach Stuttgart und meiner Begegnung mit Maja Tempus.

Die jungen Leute hatten wohl Unangenehmeres erwartet – die Erleichterung liess sich an den Gesichtern und an den Gesten ablesen. Schon bevor ich meinen Bericht beendet hatte, stand eine Flasche Chianti auf dem Tisch.

»Ich glaube, wir dürfen uns auf die Diskretion von Herrn Frei verlassen«, sagte Stoller zu Käthi Lenz. Sie nickte. Er wandte sich an mich:

»Die Sache liegt so: Ich bin von den Konservativen gewählt und sollte eigentlich im ›Bären‹ verkehren. Als Käthi nach Marbach gekommen ist, hat es mich mehr und mehr in den ›Leuen‹ gezogen, und die Leute haben bald einmal gemerkt, wo Werni den Most holt.«

Käthi muss ihm empört auf die Füsse getreten sein, denn Stoller jaulte auf und streckte die Beine auf die andere Seite.

»Wir haben uns dann ausgesprochen – in Luzern, an einem Tag, an dem Käthi frei gehabt hat. Wir wollen heiraten – aber erst, wenn ich in Marbach weg bin. Und Ferienpläne haben wir dabei auch gemacht. Damit die Leute uns in Ruhe lassen, haben wir sie auf eine falsche Spur gelenkt. Ich bin die letzten zwei Wochen vor den Schulferien nicht mehr im ›Leuen‹ eingekehrt. Käthi hat zuerst ein trauriges Gesicht aufgesetzt und dann gekündigt. Sie haben es ja selbst vernommen – es hat gewirkt. Man hat angenommen, es sei aus zwischen uns. Kein Mensch ist auf den Gedanken gekommen, dass wir zusammen in die Ferien gefahren sind. Dass man aber gleich vermutet, Käthi sei mit dem Edy Lötscher durchgebrannt – das ist denn doch die Höhe!«

»Auf diese Idee ist man nur deshalb gekommen, weil Sie, Fräulein Lenz, und dieser Lötscher im gleichen Postauto nach Wiggen und im selben Zug nach Langnau gefahren sind. Und darauf sind Sie im Buffet erst noch am gleichen Tisch gesessen.«

»Aber das ist doch der reine Zufall gewesen! Ich bin über Burgdorf-Olten gefahren, weil ich allen gesagt habe, dass ich über Basel-Karlsruhe nach Stuttgart will.«

»Edy Lötscher hat Sie nicht weiter begleitet?«

»Aber nein! Er ist lange vor mir aufgestanden.«

»Wissen Sie, wohin er gegangen ist?«

»Zu einem Fussballspiel.«

»Denken Sie einmal zurück: Sie haben mit ihm im Postauto geredet, dann haben Sie in Wiggen auf den Zug gewartet. Im Zug sind Sie neben ihm gesessen, dann im Bahnhofbuffet. Hat er nichts gesagt, was darauf hindeutet, dass er nicht nach Hause zurückkehren will?«

»Unsinn! Es hat ihn gereut, dass er dem Knecht den VW geliehen hat. Das Spiel ist gewöhnlich um dreiviertel vier vorbei, und Edy hat gesagt, dass er darauf eine geschlagene Stunde in Langnau warten müsse, weil ja vor fünf kein Zug und vor sechs kein Postwagen fährt. Ueberhaupt, wieso soll denn Edy Lötscher davonlaufen? Der ist doch explosiv in seine Lulu verknallt!«

Käthi lachte; täuschte ich mich, oder schwang eine bittere Note in diesem Lachen mit? Sollte Käthi auf Judith eifersüchtig sein? Ich fragte:

»Wieso nennen Sie Frau Lötscher eine Lulu?«

Stoller schaltete sich ein:

»Daran bin ich schuld, Herr Frei. Kennen Sie Frau Lötscher?«

Ich nickte.

»Dann muss Ihnen aufgefallen sein, was für eine heimliche Lulu das ist – Lulu, die Sexbombe in Wedekinds Dramen ›Erdgeist‹ und ›Büchse der Pandora‹; sie hat drei Männer fertig gemacht. Unsere Lulu – will sagen die Frau Lötscher – ist wahrscheinlich eine treue Seele, eine prima Bäuerin, leicht fanatisch, glaubt an den ewigen Johannes, aber sie ist die tollste Frau im Osten vom Schärlig – Anwesende ausgenommen.«

Versöhnlich tätschelte Stoller Käthis Knie. (Geändert – Hg.)

»Ist Eduard Lötscher eifersüchtig gewesen?«

»Nicht dass ich wüsste. Er hat wohl auch keinen Grund gehabt. Ausserdem ist die Lulu ein Geheimtip; sogar in Marbach kennt sie lange nicht jeder. Bevor der Lötscher sie geheiratet hat, hat sie daheim den Haushalt geführt – in irgend einem Krachen oben, wo sich Füchse und Hasen gute Nacht sagen. Und von der ›Schwand‹ kommt sie selten weg. In die Kirche geht sie nicht, und einkaufen tut sie beim Migros in Langnau. Dort habe ich sie ein paarmal gesehen.«

Ich brachte das Gespräch auf den 14. Juni zurück:

»Am Mittag also sagt Lötscher zu Ihnen, Fräulein Lenz, er nehme den Zug um fünf. Er verlässt das Bahnhofbuffet um ein Uhr und bleibt verschwunden.«

»Ich habe ihn noch einmal gesehen«, erinnerte sich Käthi. »Ich hatte keine Zigaretten mehr und wollte am Kiosk welche kaufen. Ich bat Boller, auf den Koffer aufzupassen. Da stand Edy neben dem Kiosk und hat mit jemand gesprochen.«

»Können Sie sich an die Zeit erinnern?«

»Fünf oder zehn Minuten, nachdem er vom Tisch weggegangen war.«

»Mit einem Mann oder einer Frau?«

»Er sah aus wie ein Knecht oder ein Bauer.«

»Haben Sie den Mann gekannt?«

»Nein.«

»Würden Sie ihn wiedererkennen?«

Käthi überlegte und meinte:

»Möglich. Er ist gewiss kleiner als Edy. Er trug Sonntagskleider: schwarze Hosen, Jacke, einen schwarzen Hut. Aus Marbach stammt er bestimmt nicht; wenigstens bin ich ihm dort nie begegnet.«

»Kennen Sie die beiden Knechte von Lötscher?«

»Nur den Hans. Der andere soll spinnen und ein Johanniter sein: für Johanniter sind Gasthäuser tabu.«

»Hans ist es nicht gewesen?«

»Bestimmt nicht.«

Ich zog mein Notizbuch hervor und notierte: Photo von älterem Knecht an Fräulein Lenz.

»Nachdem Sie die Zigaretten gekauft hatten – sind die beiden noch immer dort gestanden?«

»Ich kann es nicht beschwören, aber ich glaube schon. Es kommt mir so vor, als ob der Mann auf Edy eingeredet hätte; vielleicht wollte er ihm etwas verkaufen.«

Dieser Knecht oder Bauer konnte von Bedeutung sein; die Fahrt nach Locarno hatte sich vielleicht doch gelohnt. Ich versprach den beiden, grösste Diskretion walten zu lassen. Muntwyler sei vertrauenswürdig, und ausser ihm brauche niemand etwas über ihre Ferien zu erfahren. Ich würde wahrheitsgetreu angeben, dass Käthi Lenz im Café Gütschler arbeite und zur Identifikation von Lötschers unbekanntem Gesprächspartner zur Verfügung stehe.

Aber für Eduard Lötscher sah es schlecht aus. Wenn er nicht freiwillig davongelaufen war, hatte ihn jemand an der Heimkehr gehindert – und das vor mehr als zwei Wochen. Das zuverlässigste Hindernis ist der Tod.

Mitternacht war schon lange vorbei, als ich mich von Werner Stoller und Käthi Lenz verabschiedete. Die Hütte der Lagerleitung war geschlossen. Ich legte die Taschenlampe vor die Tür. Die Batterie war ausgebrannt, aber mit einem Drittel meiner Barschaft reichlich bezahlt.

Während meiner Wanderung nach Locarno hielt ein Taxi neben mir. Ich winkte ab; die letzte Zehnernote wollte ich nicht riskieren. Als ich vor dem verschlossenen Bahnhof Locarno stand, war es zwei Uhr. Ich war todmüde, aber es war zu kühl, als dass ich auf einer Bank hätte schlafen können. Ich beschloss, in Richtung Bellinzona weiterzuwandern und auf irgend einem Bahnhof den Frühzug zu erwarten.

Zehn Minuten später stoppte ein kleiner Fiat neben mir.

»Dove?« fragte eine Männerstimme.

»Bellinzona«, sagte ich.

»Salite!«

Kurz vor drei stand ich am Bahnhof Bellinzona, der niemals schliesst. Der nächste Nachtschnellzug fuhr 3.24. Ein ungeheurer Hunger plagte mich. Am Sandwich-Automaten kostete der Inhalt jedes Faches einen Franken. Ich wechselte meine Zehnernote am Billetschalter und liess hintereinander Käse- und Aufschnittbrötchen, harte Eier, zwei Tafeln Schokolade, Äpfel und Orangen heraus und schlang alles hinunter. Als der

Zug einfuhr, klimperten zwei Einfränkler neben zwei Zwanzigern und einem Fünfer im Portemonnaie.

Ich fand ein leeres Erstklassabteil in einem Wagen nach Amsterdam. Nachdem ich die Schuhe ausgezogen hatte, streckte ich mich aus, das Gesicht gegen die Wand gedreht, und schlief sofort ein. Das Generalabonnement hatte ich offen auf das gegenüberliegende Polster gelegt, aber der pedantische Schaffner weckte mich trotzdem; es sei seine Pflicht, mein Gesicht mit demjenigen auf der Photographie sorgfältig zu vergleichen.

Um 6.20 kam der Zug in Luzern an. Als ich über die Quaibrücke schritt, war in St. Peter eben die Frühmesse aus. Das brachte mich auf eine Idee: Wie die arme Witwe in der Bibel warf ich den Rest meines Vermögens in die Kasse für die Armen unter dem Antoniusbild; um sieben legte ich mich zu Bett.

Tagebuch, 3. Oktober 1986

Erhielt einen Anruf von Onkel Max – er habe den vierten Teil fertig. Er sagte, er hätte Lust, wieder einmal etwas in englischer Sprache zu lesen – am liebsten ein Reisebuch über Russland. Ich suchte auf den Gestellen und fand tatsächlich im Kinderzimmer ein englisches Buch: »Inside the U.S.A.« von John Gunther. Ob USA oder UdSSR – who cares? Ich verdiene an beiden nichts.

Onkel Max bestand darauf, dass ich für den Gunther 19.95 nehme – den Preis, der auf der ersten Seite notiert war. Ich nehme nicht an, dass Dollar gemeint sind, sonst hätte Onkel Max ein vorzügliches Geschäft gemacht, auch wenn das Buch gratis in meine Hände gekommen sein sollte. Leider kann ich mich an nichts erinnern – ungewöhnlich!

Verliess das Jakobsheim gegen fünf Uhr.

Tagebuch, 4. Oktober 1986

Mein neuer Verlagstitel »Wirtschaftskunde für Theologen« von Richard Tüscher S. J. verkauft sich wie heisse Semmeln – besonders an vornehme Herren. Hier nur fünf Beispiele:
Monsignore Edmund Bumann, Schlenzburg
Fürstabt Adrian Kläy, Mählingen
Erzbischof Xander Otth, Grüschliwil
Frater Peter Baumli, Pförtner des Franziskanerklosters Kümibach
H. H. Pater René Brand, Propst zu Entenfladingen

Der Fall Lötscher, 5. Teil

Ich erwachte um halb eins, hörte die Nachrichten und rief Muntwyler zuhause an. Er war damit einverstanden, Stoller und Käthi Lenz vorderhand in Ruhe zu lassen. Mit der Verkäuferin im Kiosk wolle er noch heute sprechen. Was denn nun meine nächsten Schritte seien?

»Ich will auf zwei oder drei Tage nach Marbach fahren. Vielleicht hören Sie noch von mir.«

Nachdem Muntwyler aufgehängt hatte, rief ich Judith Lötscher an. Sie schien aufzuatmen, als ich ihr erklärte, Käthi Lenz sei gefunden worden und auf keine Weise am Verschwinden Edy Lötschers beteiligt. Als ich erwähnte, ich werde noch heute nach Marbach kommen und beabsichtige, mir im »Leuen« ein Zimmer zu nehmen, lud mich Frau Lötscher auf die »Schwand« ein. Platz habe man genug, und die Elsi Fasnacht, ihr Mädchen, koche gut.

Ich packte den mittelgrossen Koffer und verbrachte die Zeit bis um halb fünf im Büro. Zuerst bereitete ich meiner Mittellosigkeit ein Ende, indem ich fünf Hunderternoten aus der Mappe M im Aktenschrank hervorzog. Dann öffnete ich die Post. Ein Brief vom Militärdepartement war dabei. In der Rekrutenschule Liestal war ein Korporal erstochen worden. Ich telefonierte mit der Büroordonnanz des Schulkommandanten und liess ausrichten, die nächsten fünf Tage sei ich unabkömmlich.

Als ich 18.03 in Wiggen den Zug verliess, standen drei Fahrzeuge am Bahnhof: ein VW, ein weisser Mercedes und das Postauto. Der Bursche, der neben dem VW eine Zigarette rauchte, sprach mich an und stellte sich als Hans Amstutz vor.

Ich schob den Koffer auf den Rücksitz, zog einen Stumpen hervor und trat an den Mercedes heran. Die Seitenfenster waren heruntergekurbelt.

»Haben Sie Feuer?« fragte ich.

Der ältliche Mann, der am Steuer sass und dem abfahrenden Zug nachblickte, reichte mir ein silbernes Feuerzeug. Ich steckte meine Opal in Brand und bedankte mich.

Hans meinte trocken, er hätte mir auch Feuer geben können, und trat seine Zigarette aus. Als ich mich neben ihn gesetzt und die Türe zugeschlagen hatte, liess er den Motor anspringen. Auf der Hauptstrasse bogen wir links in Richtung Luzern ab, um bei der Gabelung vor dem Dorf Wiggen die Strasse nach Marbach einzuschlagen. Der Mercedes war uns bis zur Hauptstrasse gefolgt und dort nach rechts abgeschwenkt. Ob der Präsi jemand anders als mich erwartet hatte? Jedenfalls wusste er jetzt, wie ich aussah – und umgekehrt!

Als wir vor dem Schwandhof hielten, war es zwanzig nach sechs. Ein grosser schwarzer Hund galoppierte bellend auf uns zu.

»Wotsch ächt Rui gäh, Bäri!« rief Frau Lötscher, die unter die Türe trat.

Sofort beruhigte sich der Hund, kam wedelnd herbei und wollte gestreichelt werden.

»Chömid ume iche!« sagte Frau Lötscher. »U du, Hans, bring dem Ma sis Göfferli!«

Die »Schwand« bestand aus mehreren Gebäuden: einem breiten Wohnhaus mit drei Reihen Fenstern – zwölf zuunterst, acht im ersten, vier im zweiten Stock. Das gewaltige Dach endigte zwei Meter über dem Boden. In einer Entfernung von etwa achtzig Metern stand rechts ein neuer, zweigeschossiger Stall. Der Platz für die Tiere war unten; eine breite Auffahrt führte in den oberen Teil. Früher hatte wohl der Anbau hinter dem Wohnhaus als Stall gedient. Zwischen Wohnhaus und neuem Stall, aber etwas zurückgesetzt, befand sich ein grösserer Schuppen. Ebenfalls zurückgesetzt, aber links neben dem Wohnhaus, stand das »Stöckli«, ein niedliches Häuschen mit einer überdachten Laube. Vom Balkongeländer und von den Fenstergesimsen her leuchteten rote Geranien.

Ein älterer Mann stand auf der Laube und blickte zu uns herüber.

»Pressierit e chli, Daniel!« rief Frau Lötscher.

Um ins Haus zu gelangen, stieg man zuerst von rechts nach links drei Stufen auf eine Laube empor. Von dieser führte eine Türe rechts ins Haus. Die Laube war schmal; sie enthielt nichts als eine Bank. Hier sass man beim Regen im Trockenen, konnte die Pfeife rauchen und die Aussicht bewundern.

Durch die Tür gelangte man direkt in eine riesige Küche.

Vor dem alten Holzherd zur Linken stand ein elektrischer Herd mit vier Platten; ein Schüttstein, zwei Waschzuber, ein Zubereitetisch mit zwei Stühlen und einem Gänterli schlossen sich an. Es folgten Schränke und, gegen das Innere des Hauses, Türen nach hinten, nach rechts und nach links. Rechts neben der Haustür waren Wandschränke herausgerissen worden; in die entstandene Lücke hatte man eine Kühltruhe und einen Kühlschrank gestellt. Auf einen Kachelofen folgte ein grob geschnitzter Geschirrschrank. Ein schwerer Holztisch mit acht Stühlen nahm die Mitte der Küche ein.

»Hockid zueche!« sagte Frau Lötscher und führte mich ans obere Ende des Tischs, wo ein Stuhl mit hölzernen Armlehnen stand; »das ist sonst dem Edy sein Platz.«

Mittlerweile waren auch Hans und Daniel eingetreten. Der alte Knecht vermied es, mir die Hand zu schütteln, indem er sich gleich unten an den Tisch setzte. Hans stellte meinen Koffer auf den untersten Tritt des Kachelofens. Frau Lötscher setzte sich neben Daniel ans untere Tischende, Hans rechts neben mich. Die Magd trug eine Schüssel vom Herd herbei und stellte sie – auf einen Wink von Frau Lötscher – vor mich hin.

»Soll ich schöpfen?« fragte sie.

»Gerne«, bat ich.

Die Schüssel enthielt eine Brühe, in der pflaumengrosse Fleischstücke – Rind, Speck, Schweinsvoressen – neben Kartoffeln, Rüben und Bohnen schwammen. Als die Teller gefüllt waren, setzte sich Elsi Hans gegenüber; alle falteten die Hände und beteten still.

»En guete!« sagte Frau Lötscher, und das Essen begann.

Man liest, dass ein erfahrener Detektiv aus der Atmosphäre einer Lokalität, eines Milieus erraten könne, weshalb und von wem ein Verbrechen begangen worden sei. Meine Erfahrungen haben das nicht bestätigt.

Die Bewohner der »Schwand« gaben sich untereinander und mir gegenüber gewiss nicht so wie sonst, Frau Lötscher ass still und nachdenklich; Daniel blickte nie in meine Richtung. Hans fehlte es nicht an Appetit, aber auch er sagte kein Wort. Kaum war Hans fertig, füllte Elsi seinen Teller ein zweites Mal. Als ich das Essen lobte, sagte sie, Fleischsuppe gebe es jeden Donnerstag. Am Freitag sei Fasttag und fleischlos, deshalb esse man am Donnerstag alle Fleischreste der vorhergehenden Woche in der Suppe auf. Was übrig bleibe, bekomme der Bäri; dabei blickte Elsi auf den Teller von Daniel, der kaum etwas gegessen hatte.

Daniel schob seinen Stuhl zurück und stand auf. Ich bat ihn, noch einen Augenblick in der Küche zu bleiben. Ohne mich anzublicken, setzte er sich wieder hin. Ich halte nicht gerne Reden, aber ich musste den Stein ins Rollen bringen; das gelingt am ehesten, wenn man die Leute provoziert.

»Sie wissen alle, warum ich hier bin. Eduard Lötscher ist seit zweieinhalb Wochen verschwunden. Es wird gemunkelt, er habe mit Käthi Lenz Reissaus genommen. Das Gerücht ist falsch, ich habe Fräulein Lenz gefunden; sie tritt am Montag in Zürich eine neue Stelle an. Das heisst, Eduard Lötscher wird irgendwo gefangen gehalten, oder er ist tot.«

Ich hielt inne und blickte meine vier Tischgenossen der Reihe nach an. Frau Lötscher weinte nicht; der Blick ihrer grossen, schwarzen Augen ruhte auf einem Punkt, der irgendwo hinter mir zu liegen schien. Daniel brummte etwas vor sich hin. Hans sass unbeweglich; Elsis Augen waren auf ihn gerichtet. Ich fügte hinzu:

»Es ist möglich, dass Eduard Lötscher ermordet worden ist.«

Frau Lötscher liefen nun doch einige Tränen über die Wangen. Elsi begann zu schnupfen. Daniel reagierte nicht.

»Solche Morde geschehen gewöhnlich aus drei Gründen: Leidenschaft, Eifersucht, Geldgier. Die Ehefrau will einen andern heiraten, will sich aber nicht scheiden lassen, weil sie den Ermordeten auch noch gleich beerben will. Oder einer will eine Frau besitzen, vielleicht auch noch ihr Geld dazu, und schafft zu diesem Zweck den Ehemann aus dem Weg.«

Wieder brummte Daniel etwas in den Bart.

»Was meinen Sie?« fragte ich ihn.

Er schwieg und starrte ausdruckslos vor sich hin. Ich fuhr fort:

»Auch Diebstahl ist ein Motiv. Vielleicht hätte Eduard Lötscher vermutet oder sogar gewusst, wer die 15 000 Franken gestohlen hat, und deshalb ist er vom Dieb ermordet worden.«

Niemand reagierte.

»Vielleicht ist der Dieb einer von euch. Diebe muss man gewöhnlich nicht weit suchen. Wie sollte denn einer von auswärts ins Haus gekommen sein, am Hund vorbei? Der bellt doch bei jedem Fremden, oder?«

»Wenn er an der Kette ist«, sagte Elsi; »sonst gibt er nur bei Leuten an, die er zum erstenmal sieht.«

»Und wann liegt er an der Kette?«

»Am Tag nur dann, wenn niemand da ist, und das kommt selten vor.«

So kamen wir nicht weiter, ich musste ausfällig werden.

»Sie, Elsi, haben Sie kein Geschleipf mit Eduard Lötscher gehabt, so dass Ihr Schatz eifersüchtig geworden ist?«

Elsi brach in Tränen aus. Hans blickte mich an, als ob er mir an die Gurgel fahren wolle. Frau Lötscher hingegen blieb ruhig und meinte:

»Elsi ist doch erst achtzehn; sie hat noch keinen Freund.«

»Und Sie, Hans, Sie behaupten, Sie seien am 14. Juni in Steffisburg gewesen. Wie heisst Ihr Gschpusi dort?«

Hans wurde blass; im Aufspringen warf er den Stuhl um.

»Nur heran!« sagte ich. »Ob einer oder zwei, mehr als lebenslänglich braucht man in der Schweiz nicht zu befürchten.«

»Hans!« rief Elsi.

Hans trat an den Ausguss, wusch sich die Hände und blieb neben der Anrichte stehen.

»Er ist mit der Annette Baumgartner verlobt, dem jüngsten Meitschi in der ›Tanne‹«, sagte Frau Lötscher; »ein feines Mädchen«, fügte sie beruhigend hinzu.

Wieder brummte Daniel etwas vor sich hin.

»Sprechen Sie deutlich!« schnauzte ich ihn an.

»Wer's glaubt!« knurrte er.

»Was wollen Sie sagen?«

»Der Tüfi!«

»Daniel spintisiert manchmal«, sagte Frau Lötscher. »Der Eduard ist halt kein Johanniter geworden.«

»Und da hat ihn der Teufel geholt?«

Daniel brummte und nickte.

»Morgen will ich mit jedem von euch unter vier Augen reden. Alle eure Angaben werden nachgeprüft!«

Ich wandte mich an Frau Lötscher:

»Jetzt möchte ich die aufgebrochene Truhe sehen.«

Sie stand auf, trat auf die inneren Türen zu und sagte:

»Ihr Zimmer ist im oberen Stock.«

Sie öffnete die Tür nach hinten und wies auf eine Treppe, die nach oben führte. Dann stiess sie die Türe rechts auf.

»Das ist die gute Stube«, sagte sie.

Das Zimmer war gross und niedrig, die Stühle um den Tisch und das Sofa rot gepolstert. Die weisslichen Kacheln des Ofens waren mit blauen Figuren geschmückt. In der einen Ecke stand ein geschnitztes Buffet mit Türen aus Glas; es enthielt das »gute Geschirr« und die Gläser.

Von hier führte eine weitere Tür ins Eckzimmer – das Schlafzimmer der Lötschers. Zwei Fenster gingen nach vorn hinaus, zwei auf die Seite. Das hohe Doppelbett stand an der Wand gegen die gute Stube. An der zweiten Innenwand befanden sich ein Schrank, eine Kommode mit zwei Wassergeschirren und ein Teil des Kachelofens, der von der Küche her geheizt wurde. Die Truhe stand unter dem linken Fenster der Seitenwand.

Ich bückte mich; drei Eisengurten umspannten das sargförmige Möbel. Der Verschluss war einfach: Eine Schnalle legte sich über einen Ring, durch den ein Vorhängeschloss geschoben wurde.

Ich hob den Deckel auf; die Truhe enthielt nichts als Bettwäsche. Obenauf lag das aufgesprengte Schloss. Frau Lötscher erklärte:

»Das Geld ist in einem Umschlag gewesen – ganz unten rechts.«

»Und der Schlüssel?«

»Einer hängt am Bund, an dem der Edy seine Autoschlüssel hat; mein Schlüssel liegt hier im Nachttischchen.«

Frau Lötscher schob die Schublade auf, die eine Bibel, Karten, Briefe, einen Federhalter, Bleistifte, einen Radiergummi und ein Tintenfass enthielt.

»Wer hat gewusst, dass sich Geld in der Truhe befindet?«

»Alle im Haus. Hans und Elsi haben mir manchmal ihren Lohn zum Aufbewahren gegeben, wenn sie lange nicht auf die Post gegangen sind. Wenn wir eine Sau verkauft haben, hat Edy das Geld hineingelegt; er ist nicht oft auf die Bank.«

»Abgesehen von den 15 000 Franken ist diesmal kein Geld in der Truhe gewesen?«

Frau Lötscher schüttelte den Kopf.

»Hat Hans seine eigenen Schlüssel zum VW?«

»Ja, Edy hat ihm ein Paar machen lassen.«

»Ihr Mann hat also den Schlüssel zur Truhe nicht aus der Hand gegeben?«

»Nein.«

»Und wer hätte wissen können, dass sich ein zweiter Schlüssel im Nachttischchen befindet?«

»Niemand! Ich habe unser Zimmer immer selbst gelüftet und abgestaubt. Ausserdem habe ich den Schlüssel in die Bibel geschoben.«

Ich trat an das andere Seitenfenster.

»Diese zwei Fenster sind immer geschlossen«, sagte Frau Lötscher. »Gelüftet wird vorne; dort steigt keiner zum Fenster hinein – es ist fast immer jemand vor dem Haus oder in der Küche.«

»Wenn Ihr Mann und Sie selbst das Geld nicht genommen haben, dann kommen also Daniel, Hans und Elsi in Frage?«

»Oder es ist jemand von hinten ins Haus geschlichen.«

Frau Lötscher führte mich in die gute Stube zurück. Von hier konnte man in die Küche gelangen oder durch eine weitere Tür in den düsteren Raum, von dem aus die Treppe nach oben führte. Wir gingen rechts neben der Treppe vorbei und befanden uns im alten Stall. Etwa zwanzig Schritte zwischen den Krippen hindurch, und wir standen im Freien, nicht weit von der Remise zur Rechten und dem Stöckli zur Linken. Geradeaus führte ein steiler Weg zum Wald hinauf.

»Das ist der Weg zur oberen Weid«, antwortete Frau Lötscher auf meine Frage.

»Wenn einer sich auskennt, kann er sich durch den Wald da oben anschleichen und durch den alten Stall ins Haus gelangen. Er braucht die Küche nicht zu betreten, sondern kann direkt durch die gute Stube Ihr Schlafzimmer erreichen. Er kann auch in die oberen Stockwerke gelangen, ohne dass er gesehen wird?«

Frau Lötscher nickte.

»Würden Sie mir jetzt bitte mein Zimmer zeigen? Und nachher möchte ich wissen, wo die Angestellten wohnen.«

Als wir den Koffer in der Küche holten, war nur noch Elsi da und spülte das Geschirr.

»Setz noch einen Kaffee auf!« sagte Frau Lötscher.

Wir stiegen die hölzerne Treppe empor.

»Der erste Stock hat vier Zimmer. Die äusseren zwei sind abgeschrägt, aber alle haben zwei Fenster und sind hell. Hier ist die Gästekammer.«

Frau Lötscher stiess eine schwere, mit Eisen beschlagene Tür auf. Ich trat gleich zu den Fenstern. Sie lagen direkt über der Laube, und die Aussicht entsprach derjenigen von der Haustür aus. An den langen Seitenwänden standen ein hohes Bett, eine Kommode mit einem Wassergeschirr, ein Schrank, ein Tischchen mit einem Stuhl und die Hälfte eines Kachelofens.

»Dem Hans sein Zimmer ist daneben. Der Ofen wird bei ihm geheizt; da unten ist ein Loch, das im Winter die Wärme verteilt.«

Ich kniete nieder. Durch eine Lücke in der Wand konnte man bequem von einem Zimmer ins andere kriechen.

»Und wo wohnt Elsi?«

»Zuoberst – dort sind noch zwei Kammern. Der Daniel schläft im Stöckli. Edys Eltern haben es für sich gebaut, aber sie sind nicht mehr dazugekommen, dort einzuziehen.«

Wir stiegen wieder in die Küche hinunter. Frau Lötscher sagte zu Elsi:

»Wir nehmen den Kaffee in der Laube. Wenn der Hans und der Daniel auch wollen, sollen sie kommen.«

Niemand setzte sich zu uns. Die Sonne war hinter den Bergen verschwunden, aber es war noch hell. Was für ein herrliches Leben, dachte ich. Man wohnt auf seinem eigenen Grund und Boden. Zum Heizen schlägt man sein eigenes Holz. Von Zeit zu Zeit schlachtet man ein Kalb, ein Rind oder ein Schwein. Man pflanzt Kartoffeln, Mais, Hafer, Weizen. Man isst Butter und Käse nach Belieben. Was zuviel ist, wird verkauft.

»Könnten Sie ohne Elektrizität auskommen?« fragte ich.

»Jetzt hat man sich an die Kühlschränke und an die Glühlampen gewöhnt – aber es ginge auch ohne. Früher haben wir das Fleisch in die Räucherkammer gehängt und Milch und Butter ins kalte Wasser gestellt.«

»Im Grunde könnten Sie völlig unabhängig leben?«

»Einzelne Johanniter tun es auch; sie spinnen ihren eigenen Flachs und haben Schafe. Sie gerben und stellen ihre eigenen Schuhe her. Aber schon meine Eltern haben Wolle und

Stoff gekauft; auch den Käse haben wir nicht mehr selber gemacht.«

Ich steckte mir einen Stumpen zwischen die Lippen. Langsam nachtete es ein. Der hübschen Bäuerin neben mir hatte man den Mann ermordet. Wer würde an seine Stelle treten? Wie wäre es mit Max Frei?

Es war neun Uhr, als Frau Lötscher aufstand und den Hund rief, um ihn an die Kette zu legen. Aber Bäri kam nicht; er war und blieb verschwunden. Ob das auch schon vorgekommen sei? Ganz selten, meinte Frau Lötscher, und dann nur im Frühling.

Ich bat um eine Taschenlampe und empfahl Frau Lötscher, die Türen zu verriegeln. Ein Fenster nach vorne solle sie offen lassen, so dass sie mich rufen könne.

Ich stieg die Treppe hinauf und betrat mein Zimmer, ohne das Licht anzudrehen. Ich stand still und horchte; Hans schien nicht da zu sein. Ich schob meinen Koffer vor das Loch zwischen den Zimmern und stellte mein Seifengeschirr so auf den Rand des Koffers, dass es herunterfallen musste, wenn man den Koffer verschob. Es blieb etwas Raum zwischen dem Koffer und dem oberen Rand der Öffnung, so dass ich hören konnte, was im Nachbarzimmer vorging.

Dann stellte ich mich ans Fenster; die Nacht war hell, aber vom Mond war nichts zu sehen. Unten im Tal schimmerten einige Lichter. An den Hängen gegenüber verrieten einzelne gelbe Punkte, dass auch dort Höfe standen. Von weiter oben drohten graue Schatten – die Schrattenfluh.

Ich legte mich aufs Bett und verschränkte die Hände hinter dem Kopf. Wo liesse sich hierzulande ein Leichnam am besten verstecken? Die Zuflüsse der Emme sind manchmal reissend, aber nie tief; eine Wasserleiche würde schnell entdeckt. In den Wäldern? Früher oder später würden Jäger, Kinder, Beeren- und Pilzesammler oder streunende Hunde auf die aufgegrabene Stelle stossen. In einer tiefen, abgeschrägten Felsspalte in den Schratten oben? Wie brächte man den Leichnam dort hinauf?

Am sichersten ist das Eingraben in einem Acker. Man hebt nachts ein metertiefes Grab aus, wirft den Toten hinein, schaufelt zu und pflügt, eggt und besät am Tag darauf die Stelle samt dem Umgelände.

Eine weitere Möglichkeit sind die Jauchegruben – beliebte

Gräber für unerwünschte Kinder und zu langlebige Stöcklibewohner. Die wenigsten, die am Morgen aus der Jauchegrube gezogen werden, sind am Abend vorher freiwillig hineingefallen. Beschwerte man einen Leichnam mit Steinen, so lag er monatelang unsichtbar unten in der braunen Brühe. Mit der Zeit löst die Säure sogar die Knochen auf. Ich beschloss, Muntwyler zu bitten, die Grube auf der »Schwand« untersuchen zu lassen.

Ich mochte eine halbe Stunde vor mich hingebrütet haben, als ich aus der Kammer nebenan ein Geräusch vernahm. Ich bewegte mich nicht; der Boden knarrte leise, die Türe wurde langsam auf- und zugeschoben. Die schwere Türfalle klickte ein. Erst jetzt stand ich auf und schlich ans Fenster. Zehn Minuten vergingen, niemand trat aus der Haustür.

Hans musste die ganze Zeit auf einem Stuhl gesessen haben, sonst hätte ich das Bett oder den Boden knarren hören. Beim Hinausgehen hatte er Socken getragen oder war barfuss gewesen. Er hatte mitangehört, wie ich den Koffer vor das Loch geschoben und mich hingelegt hatte; dann hatte er eine halbe Stunde gewartet, um sicher zu sein, dass ich schlief.

Ich ergriff die Taschenlampe, verliess mein Zimmer und stieg möglichst leise die Treppe hinab. In der Küche befand sich niemand. Ich trat durch den alten Stall ins Freie. Einige Sterne verbreiteten ein mattes Licht; es war kein Mensch zu sehen. Wo war Hans hingekommen?

Ich trat in den alten Stall zurück. Unter einer Krippe lauerte etwas Dunkles. Ich leuchtete hin; es war der Hund. Ich streckte die Hand aus – er war tot. Ich zog den schweren Körper hervor und beleuchtete ihn von allen Seiten: keine Wunde; er war wohl vergiftet worden.

Was war zu tun? Jemand wollte, dass der Hund heute nacht nicht an der Kette lag und bellte. Das musste jemand von aussen sein, denn der Hund würde im Falle von Frau Lötscher, Elsi und den Knechten nicht angeben. Um halb sieben hatte Bäri noch gelebt; um neun, als Frau Lötscher ihn an die Kette legen wollte, war er tot gewesen. Wer hatte ihn vergiftet? Hatte es jemand gewagt, sich von hinten ans Haus zu schleichen, während wir beim Nachtessen sassen? Dann müsste es jemand gewesen sein, den der Hund schon kannte, sonst hätte dieser gebellt, obwohl er nicht an der Kette lag. Oder hatte Elsi oder einer der Knechte den Hund vergiftet? Wozu? Um einem von aussen den Zutritt zu ermöglichen? Zutritt zu wem? Zu Frau Lötscher? Zu mir?

Ich schlich in die Küche zurück und holte eine braune Pferdedecke, die ich bei den Waschzubern gesehen hatte. Mit dieser auf dem Arm huschte ich an den Waldrand hinauf und setzte mich an einen moosigen Platz unter einer Tanne, von wo aus ich den hinteren Eingang zum Haus, das Stöckli, den Schuppen und den Stall im Auge behalten konnte. Ich lehnte mich an den Stamm und breitete die Decke über mich.

Nichts geschah. War Hans bei Judith Lötscher? Elsi hat keinen Freund, hatte Frau Lötscher gesagt, und Hans war mit einer Annette aus Steffisburg verlobt. War ich etwa eifersüchtig? Kein Zweifel, Stollers Lulu hatte es mir angetan. War es nicht an der Zeit, dass ich wieder heiratete? Wie lange war es jetzt her? Sechs Jahre! Acht Jahre lang war ich verheiratet gewesen – zuerst glücklich, dann begannen wir uns aneinander zu reiben. Wir hätten auch bis ans Lebensende beieinander bleiben können, wenn nicht dieser schneidige Jürg Antenen gekommen wäre. Man hatte geheuchelt und war in aller Freundschaft auseinandergegangen, Ruth begeistert von der Aussicht auf ein neues und besseres Leben, ich ärgerlich über die Umstellung in meinem täglichen Tramp.

Ich hatte meine Stelle bei der Zürcher Kantonspolizei aufgegeben und war »Privater« geworden. Eigentlich ging es mir vorzüglich – ich hatte kaum ein Viertel der Ausgaben von früher und hätte von den Zinsen leben können, die mir ein Dreifamilienhaus in Zürich und ein paar Obligationen einbrachten.

Vom Dorf herauf schlug es elf Uhr, später Mitternacht. Einige Wolkenfelder zogen vorbei, es wurde finster. Als bis ein Uhr nichts geschehen war, stand ich auf, brachte die Decke in die Küche zurück und schlich in mein Zimmer hinauf. Ein lautes, regelmässiges Schnarchen verriet, dass Hans von seiner nächtlichen Expedition zurückgekehrt war.

Tagebuch, 9. Oktober

Las endlich den fünften Teil. Dieser Hans Amstutz war barfuss oder in Socken und hat das Haus gewiss nicht verlassen. Also war er bei Judith oder Elsi oder bei beiden; dass er mit einer Annette verlobt ist, gibt ihm doch kein Alibi! Vielleicht hat er aber auch nur Durchfall gehabt und hat eben lange sitzen müssen. Wo die Toiletten in dieser »Schwand« sind, vernimmt man ja nicht.

Bin froh, dass jetzt wenigstens ein toter Hund aufgetaucht ist – die erste konkrete Leiche in diesem Bericht.

Tagebuch, 10. Oktober

Erhielt heute in der Post Teil sechs des Falles Lötscher. Onkel Max schreibt, er sei im Kurhaus Serpiano und bleibe noch eine Woche.

Der John Gunther gehört meinem Sohn, der das Buch heute morgen vergeblich suchte. Ich habe natürlich kein Wort gesagt. Die 19.95 *waren* Dollar! Onkel Max schuldet mir – bei einem Kurs von 1:4 – noch 59.85. Eigentlich ist es nicht üblich, dass Eltern die Bücher ihrer Kinder verkaufen, aber andererseits: Woher haben denn meine Kinder das Geld? Wer hat dem Herrn Sohn einen solchen Kauf erlaubt? Was habe ich nicht alles für seine Erziehung auslegen müssen! Wenn Gott mir ein paar Franken zurückerstatten will, ist es nicht meine Sache, ihn daran zu hindern.

Der Fall Lötscher, 6. Teil

Ich schlief schlecht und stand auf, als der Morgen zu dämmern begann. Vom Stall her muhten schon die Kühe. Als ich Hansens Bett knarren hörte, war ich angezogen, gewaschen und rasiert. Ich stieg die Treppe hinunter; in der Küche keine Seele. Ich begab mich in den alten Stall und schleppte den toten Hund in den Schuppen hinüber. Die Kühe muhten lauter. Auf den meisten Höfen beginnt das Melken noch im Dunkeln; bei Sonnenaufgang sind die Kühe auf der Weide. Ich eilte zum Stall hinüber.

Eine stickige Wärme schlug mir entgegen. Einige Tiere wandten mir ihre Köpfe zu und glotzten mich mit unterlaufenen Augen an. Hatten sich denn alle verschlafen? Ich drehte mich um und stiess mit Frau Lötscher zusammen.

»Ist Daniel nicht da?« fragte sie.

»Keiner ist da.«

»Er hat noch nie überschlafen.«

Sie eilte davon – zum Stöckli hinüber. Ich musste lange Schritte machen, um sie einzuholen. An der Tür hielt ich sie zurück:

»Bleiben Sie hier! Wo schläft er?«

Frau Lötscher wich zurück und blickte mir erstaunt in die Augen.

»Oben rechts«, sagte sie.

Ich stieg die steile Treppe hinauf. Die Tür zur Kammer rechts stand offen. Daniel lag am Boden neben dem Bett – mit dem Gesicht nach unten und einem Messer im Rücken.

Ich blickte mich im Zimmer um: Das Bett war unberührt. Ich schritt um die Blutlache herum und versuchte, ein Bein des Toten zu heben; es war steif, die Waden kalt. Daniel war schon lange tot; er war schon tot gewesen, als ich mich unter die Tanne gesetzt hatte.

Ob Hans den Daniel erstochen hatte? Wenn Hans um halb zehn durch den alten Stall ins Stöckli geeilt war und zur Rückkehr den vorderen Eingang benutzt hatte, während ich mich durch den hintern ins Freie begab, dann war das durchaus möglich.

Ich hörte Schritte auf der Treppe, trat aus dem Zimmer und zog die Tür hinter mir zu. Frau Lötscher sah mich erschrocken an.

»Tot«, sagte ich. »Niemand darf ins Zimmer, bis die Polizei da gewesen ist.«

»Um Gottes Willen!« rief Frau Lötscher.

Ich ergriff sie am Arm und schob sie die Treppe hinunter und ins Freie.

»Gibt's hier einen Schlüssel?«

»Hinter dem Fensterladen.«

Ich schloss die Türe ab, steckte den Schlüssel in die Tasche und vergewisserte mich, dass kein zweiter Eingang vorhanden war.

Eben trat Hans hinten aus dem Haus und blickte zum Stall hinüber, aus dem die Kühe noch lauter brüllten als zuvor. Da bemerkte er uns und kam uns entgegen. Frau Lötscher rief ihm zu:

»Hans, *du* musst heute melken, Daniel ist tot.«

Hans fuhr zusammen und blickte sie fragend an:

»Tot von was?«

»Messer im Rücken«, sagte ich. »Die Starre ist schon eingetreten. Jemand hat ihn etwa zu der Zeit erstochen, als Sie aus Ihrem Zimmer geschlichen sind.«

Hans wurde weiss wie ein Leintuch.

»Soll ich's gewesen sein?« fragte er heiser.

»Wer sonst?«

»Dann verhaften Sie mich halt!«

»Melken Sie zuerst. Das Zuchthaus läuft Ihnen nicht davon!«

Hans warf mir hasserfüllte Blicke zu, dann spuckte er aus und ging zum Stall hinüber.

Auch Frau Lötscher war bleich geworden; wir schritten nebeneinander auf den vorderen Eingang zu. Vor den Stufen zur Laube blieb sie stehen und meinte:

»Der Hans hat niemand erstochen.«

»Dann ist er bei Ihnen gewesen?«

Frau Lötscher starrte mich entgeistert an. Eine dunkle Röte überzog ihr Gesicht.

»Was denken Sie eigentlich von mir?«

»Hans hat gestern um halb zehn sein Zimmer verlassen –

barfuss oder in Socken. Zur vorderen Türe ist er nicht hinaus. Er ist also zu Ihnen, zu Elsi oder hinten hinaus ins Stöckli.«

»Bei mir ist er nicht gewesen, ich lasse doch keinen ins Zimmer! Und Elsi – was denken Sie auch!«

»Also kommt er als Mörder in Frage. Daniel und Hans sind keine Freunde gewesen, nicht wahr?«

Frau Lötscher schüttelte den Kopf:

»Daniel hat den Edy und den Hans nicht gemocht. Mit mir ist er gut ausgekommen, aber sein Gott ist der Präsi gewesen – und natürlich der Johannes. Er hat ihn ein paarmal gesehen.«

»Wo?«

»Beim Präsi.«

»Warum kann Hans nicht bei Elsi gewesen sein?«

»Für sie lege ich die Hand ins Feuer – sie ist doch viel zu jung! Hans ist eine treue Seele und hängt an seiner Annette.«

Ich war nicht überzeugt, insistierte aber nicht.

Der tote Hund sprach zu Hansens Gunsten. Hätte Hans Daniel ermorden wollen, hätte er den Hund nicht vergiften müssen. Ich beschloss, vorzugeben, dass ich Hans für den Mörder hielt – solange, bis ich erfuhr, wo er sich gestern herumgetrieben hatte.

Während Frau Lötscher mit Elsi sprach und das Frühstück vorbereitete, rief ich Muntwyler an. Es war noch nicht sechs Uhr, und seine Stimme klang zuerst schläfrig und verdrossen. Ich erklärte ihm, was geschehen war.

»Das ist eine Sache für die Luzerner Kriminalpolizei«, sagte er, »aber überlassen Sie es mir! Ich rufe sie von hier aus an. Nachher komme ich bei Ihnen vorbei. Sagen Sie Frau Lötscher, sie soll den Kaffee an die Wärme stellen.«

Beim Frühstück sassen wir zu dritt am Tisch – Frau Lötscher einsilbig und nachdenklich, Elsi aufgeregt und den Tränen nahe. Wir füllten die Kacheln mit Milch und Kaffee, brockten Brotstücke hinein und holten diese mit Suppenlöffeln wieder heraus. Zum Schluss wurden die Kacheln mit beiden Händen an den Mund gehoben und ausgeschlürft.

»Sie sind das sicher anders gewöhnt«, sagte Frau Lötscher.

»Im Gegenteil, ich bin der letzte in Luzern, der am Morgen Milchkaffee und Brocken isst.«

»Da würden Sie gut ins Emmental passen!«

Frau Lötscher wandte sich an Elsi:

»Der Hans wird nicht vor sieben fertig sein. Stell ihm den Kaffee warm!«

Ich erinnerte die beiden an Muntwyler und die Luzerner Polizei. Elsi setzte einen neuen Topf auf, und Frau Lötscher bat mich, einen Kessel Milch aus dem Stall zu holen.

Die Kühe brüllten nach wie vor. Im Stall hatte sich nichts verändert; die gleichen Tiere standen am selben Platz und drehten den Kopf nach mir um. Ich schritt die zwei Reihen Kühe ab – zehn zur Rechten, zehn zur Linken –, nirgends ein Hans mit Melkstuhl und Eimer. Ich liess den Kessel stehen und eilte zum Haus zurück. Der VW stand am selben Ort wie gestern. Ich stiess die Küchentür auf und fragte, ob Hans ein Fahrrad besitze.

»Im Schober«, sagte Frau Lötscher.

Die Frau und das Mädchen liefen hinter mir her, durch den alten Stall ins Freie und zur Remise hinüber.

»Jesses, der Bäri!« rief Elsi, die die schnellere war.

Den Hund hatte ich vergessen. Frau Lötscher kniete nieder und streichelte Bäris Kopf.

»Vergiftet«, sagte ich. »Wo steht das Fahrrad?«

Frau Lötscher wies auf eine leere Stelle neben der Tür.

»So ist der Hans mit dem Velo abgehauen«, sagte ich.

»Dann muss ich selber melken«, meinte Frau Lötscher. »Elsi, schau du zum Herd und telefoniere dem Christoph Zysset, ob er den Martin schicken kann.«

Elsi stand wie entgeistert. Plötzlich rannte sie heulend zum Haus hinüber. Der tote Hund bot einen jämmerlichen Anblick.

Ich beschloss, Hans Amstutz vorderhand laufen zu lassen. Wenn die Polizei kam, war es immer noch früh genug, sein Signalement auszugeben. Ich wanderte zum Stall hinüber und hockte mich neben Frau Lötscher hin, die unter der ersten Kuh sass. Sie meinte, Hans sei entweder zu seiner Annette oder nach Hause gefahren. Wo die Annette wohnte, wusste ich; nun vernahm ich, dass die Eltern von Hans einen Hof in Flühli besassen. Hans sei der jüngste von sechs Brüdern.

Ich setzte mich auf die Laube vor dem Haus und steckte einen Stumpen in Brand.

Die Sonne hatte das Haus schon erreicht, als Muntwyler eintraf. Er stellte seinen Opel neben den VW. Er habe sich in Marbach verfahren, sei den falschen Weg hinauf und habe eine

Viertelstunde verloren. Nein, den Toten wolle er jetzt nicht sehen und den Hund auch nicht, lieber noch die Frau Lötscher.

Er trat in die Küche und kam mit einer Kachel Kaffee zurück, an der er sich offensichtlich die Hände verbrannt hatte.

»Keine Ahnung von zivilisierten Tassen«, brummte er.

Ich erzählte ihm von Hansens Flucht.

»Der ist offenbar nicht ganz sauber über dem Nierenstück. Er wird nach Steffisburg gefahren sein, und die Annette wird ihn im Estrich versteckt haben und mit Schinkenbrötli füttern. Wenn die Luzerner fertig sind, fahren wir nach Steffisburg.«

Die Luzerner trafen erst gegen neun Uhr ein. Es waren zwei Autos – ein Laborwagen und eine Ambulanz. Zuerst wurde photographiert, dann der Leichnam in die Ambulanz geschafft. Nun wurde nach Fingerabdrücken gesucht und ein Inventar des Stöckli aufgenommen. Darauf kam der Hund an die Reihe. Ich musste erklären, warum ich ihn nicht hatte liegen lassen. Er wurde in den alten Stall zurückgeschafft, so hingelegt, wie ich ihn gefunden hatte, photographiert und darauf neben Daniel in die Ambulanz gelegt. Während diese davonfuhr, wurde das Zimmer von Amstutz durchsucht und auch da ein Inventar aufgenommen. In der Küche wurde ein Tonbandgerät auf den Tisch gestellt, und Elsi, Frau Lötscher und ich mussten Fragen beantworten. Dabei wurde etabliert, dass das tödliche Messer nicht aus der Küche der »Schwand« stammte. Zuletzt wurde das Signalement von Amstutz zusammengestellt und samt Marke und Farbe des Fahrrads per Autoradio an die Zentrale gemeldet.

Es war elf Uhr, als der Laborwagen wegfuhr. Unterdessen war Zyssets Knecht Martin Matter eingetroffen, hatte die Milchkannen auf einen Wagen geladen, einen Traktor vorgespannt und war talwärts zur Käserei gefahren.

»Wie soll das weitergehen?« jammerte Frau Lötscher – »zuerst der Edy und jetzt beide Knechte auf einmal!«

»Machen Sie mit Martin weiter«, meinte ich – »bis morgen wissen wir, was mit Hans los ist.«

»Den haben wir bald am Wickel«, tröstete Muntwyler.

»Ist es Ihnen recht, wenn ich wieder hier übernachte?« fragte ich Frau Lötscher.

Es sei ihr mehr als recht. Falls ich um sechs noch nicht zurück sei, werde sie mir das Essen an die Wärme stellen.

Als wir ins Dorf hinunterfuhren, meinte Muntwyler: »So ein Privater hat es doch besser als wir!«

Unten auf der Hauptstrasse bogen wir nach rechts ab und fuhren über Schangnau und den Schallenberg in Richtung Thun. Gegen Mittag erreichten wir Steffisburg. Wir kehrten ein, bestellten Schweinskoteletten und Rösti mit Salat und tranken einen Liter Twanner dazu. Nach dem Essen wurde theoretisiert. Wir waren uns darüber einig, dass Eduard Lötscher nicht mehr am Leben war. Muntwyler meinte, die Leiche werde schliesslich irgendwo im Napfgebiet gefunden werden. Es gebe manches Tobel, in welches eine Leiche vom Auto aus geworfen werden könne. Auch Plätze unter Brücken seien als Depositorien beliebt. Er hatte nichts dagegen, die Jauchegrube der »Schwand« zu untersuchen, meinte aber, das könnten wir selbst erledigen; mehr als eine Bohnenstange brauche man dazu nicht.

Was den Mord an Daniel Fahrni betreffe, so sei das eine schwierige Sache. Am Ende sei der Lötscher doch noch am Leben, sei von Daniel gesehen worden, und Lötscher habe den Alten vorsorglich zum Schweigen gebracht. Diese Theorie gaben wir bald wieder auf. Vielleicht sei die Vergiftung des Hundes nur ein Ablenkungsmanöver gewesen, und Hans sei doch der Mörder. Ich musste zugeben: Hans hatte reichlich Gelegenheit gehabt, sowohl den Hund als auch Daniel umzubringen. Seine nächtliche Exkursion und sein jetziges Verschwinden wären erklärt.

Ich berichtete mein Erlebnis mit dem weissen Mercedes am Bahnhof Wiggen und beschrieb den Mann, der am Steuer gesessen hatte. Ich hätte mich nicht getäuscht, sagte Muntwyler, es sei bestimmt der Präsi gewesen.

»Aber vor ein Uhr gestern nachmittag hat niemand wissen können, wann ich nach Marbach komme«, stellte ich fest. »Um ein Uhr haben es erfahren: Sie, Frau Lötscher, durch diese wahrscheinlich Daniel, Hans und Elsi. Wer hat es dem Präsi gemeldet?«

»Ich tippe auf Hans. Bevor er zum Bahnhof gefahren ist, kann er beim Präsi gewesen sein – ein Umweg von zehn Minuten. Daniel hätte höchstens telefonieren können – und das wäre Frau Lötscher oder Elsi aufgefallen.«

»Möglich«, gab ich zu.

»Der Präsi kommt als Mörder nicht in Betracht, denn er ist gestern den ganzen Abend in Langnau gewesen. Kurz vor sechs ist er auf den Posten gekommen und hat die Bewilligung für seine Jahresversammlung eingeholt. Nachher hat er im ›Hirschen‹ den Saal reserviert und gleich dort diniert; dann ist er bis elf vor dem Fernseher gesessen. Ich weiss es, weil ich Spätdienst gehabt habe. Der weisse Mercedes hat bis elf vor dem Posten gestanden; um neun bin ich selbst schnell im ›Hirschen‹ gewesen und habe einen Schwarzen gekippt; der Präsi ist mit einem halben Dutzend anderen vor dem Flimmerkasten gehockt.«

»Johanniter gehen sonst nicht in Restaurants!«

»Vielleicht nicht, aber ich kann beschwören, dass der Präsi zwischen sechs und elf niemanden umgelegt hat.«

»Ein organisiertes Alibi – er hat gewusst, was auf der ›Schwand‹ geschehen wird.«

Muntwyler zuckte die Schultern:

»Vielleicht hat ihn eine Sendung besonders interessiert.«

»Wollen wir wetten, dass im ›Fröschengraben‹ ein Farbfernseher steht?«

»Ich wette nie. Aber woher wollen Sie das wissen?«

»Wer einen Mercedes fährt und ein Silberfeuerzeug in der Tasche hat, besitzt auch einen Fernsehapparat.«

»Schön! Und jetzt?«

»Kombinieren Sie selbst: 1. Der Präsi erwartet mich am Bahnhof. 2. Der Präsi isst plötzlich im Gasthof. 3. Während der Bäri und der Daniel umgelegt werden, sitzt er demonstrativ vor dem Fernseher im ›Hirschen‹, obwohl ihn zuhause ein besserer Apparat erwartet.«

»Seltsam, gewiss. Es ist ja möglich, dass er etwas übers Verschwinden von Lötscher weiss. Aber was für ein Motiv sollte er denn gehabt haben?«

»Er hat letztes Jahr die jetzige Frau Judith Lötscher heimführen wollen.«

»Das gibt's doch nicht! Wo haben Sie denn das gehört?«

»Von ihr selbst! Edy Lötscher hat sie dem Präsi weggeschnappt; Lötscher hat so getan, als ob er auf dem Weg sei, Johanniter zu werden, aber geworden ist er es nicht.«

Muntwyler schüttelte bedächtig den Kopf:

»Ich stimme immer noch für Hans Amstutz.«

»Ich schlage vor, dass man Käthi Lenz Photographien von Daniel und vom Präsi zeigt.«

Muntwyler meinte:

»Es kann nicht schaden. Die Fahrzeugkontrolle muss ein Bild vom Präsi haben; und den Daniel haben die Luzerner heute oft genug geknipst.«

Er blickte auf die Uhr:

»Bald zwei. Jetzt macht der Amstutz im Estrich sein Mittagsschläfchen. Holen wir ihn!«

Die Kellnerin erklärte uns, wie wir zur »Tanne« kämen. Der Hof lag auf der Ebene, an der alten Landstrasse nach Bern. Ein verblichenes Schild am Haus und die weitläufigen Stallungen wiesen darauf hin, dass die »Tanne« früher ein Gasthaus gewesen war. Muntwyler wollte den Wagen auf den bekiesten Platz unter einer Linde stellen, aber ein paar Kinder protestierten und wiesen auf ein Schaukelbrett, das an zwei Seilen von einem Ast herunterhing; Muntwyler fuhr einige Meter zurück.

»Holt mir eines von euch die Annette?« rief er den Kindern zu.

Ein bezopftes Mädchen lief ins Haus und kam mit einer stämmigen, blonden Bernerin von etwa zwanzig Jahren zurück. Annette besass ein rundes, gutmütiges Gesicht mit einigen Sommersprossen auf Nase und Wangen. Sie grüsste behäbig und sah uns fragend an.

»Das ist Wachtmeister Frei aus Luzern«, stellte mich Muntwyler vor, »und ich bin von der Kantonspolizei; wir suchen Hans Amstutz.«

»Den Hans?« Annette schien überrascht zu sein. »Ich habe ihn seit langem nicht mehr gesehen.«

»Erzählen Sie das dem Fährima! Hans ist heute morgen mit dem Fahrrad hierher gefahren. Man hat ihn unterwegs gesehen. Wo haben Sie ihn versteckt?«

»Ich habe niemand versteckt!« Annettes Augen funkelten vor Zorn, und sie rief: »Mueti, Mueti, chum einisch use!«

Auf der Schwelle erschien schnaufend eine äusserst korpulente Bäuerin mit hochrotem Gesicht. Annette lief ihr entgegen und rief:

»Das sind zwei Polizisten. Sie suchen den Hans Amstutz, und ich soll ihn bei uns versteckt haben.«

»Armer Hans!« dachte ich.

»Den Hans Amstutz kennen wir hier nicht mehr«, keuchte die Mutter. »Mein Mann hat ihm das Haus verboten.«

Sie wandte sich an Annette:

»Wann ist das gewesen?«

»Am 10. Mai«, sagte Annette.

»Am 10. Mai«, wiederholte die Mutter. »Seither ist der Hans nicht mehr da gewesen. Ich möchte es ihm auch nicht geraten haben. Was hat er angestellt?«

»Nichts Schlimmes«, fiel ich ein. »Er wird vermisst, und Korporal Muntwyler hier hat gedacht, er sei am Ende in Steffisburg zu finden.«

»Nicht so schnell!« rief dieser. »Am Sonntag, den 14. Juni, hat Hans Eduard Lötschers VW geborgt, ist hierher gefahren und hat Annette besucht. Das hat er selbst zugegeben.«

»Bei mir ist er nicht gewesen«, empörte sich Annette.

»Aber ihr seid doch verlobt?« fragte Muntwyler.

»Gewesen«, fauchte die Bäuerin. »Mein Mann und ich haben von dieser Verlobung nichts gewusst, und wie wir dahinter gekommen sind, haben wir Annette die Meinung gesagt. Wegen ein paar Tänzen und einer Schmuserei an einem Waldfest braucht man sich noch lange nicht zu verloben. Annette kann etwas Besseres haben als so ein armseliges Knechtli.«

Ich beobachtete Annettes Mienenspiel: kein Schmerz, kein Bedauern, keine Auflehnung. Muntwyler blickte den beiden Frauen abwechselnd ins Gesicht:

»Ihr seid ganz sicher, dass Hans am 14. Juni nicht hier gewesen ist? Hansens Meister ist an jenem Sonntag spurlos verschwunden. Wenn Hans gelogen hat, gerät er unter Mordverdacht.«

»Seit dem 10. Mai habe ich Hans nicht gesehen und nichts von ihm gehört. Ich kann es beschwören«, sagte Annette.

»Dann nichts für unguet«, meinte Muntwyler. Er schob einige von den Kindern, die uns im Kreis umstanden, zur Seite. Ich war erleichtert, als wir das Dorf hinter uns hatten.

Muntwyler fuhr in Richtung Schallenberg zurück. Eine Weile sprach keiner von uns. Dann meinte er:

»Also doch der Amstutz!«

Ich zog einen Stumpen aus dem Etui.

Auf dem Schallenberg machten wir Pause und setzten uns auf die Terrasse des Gasthofs. Muntwyler bestellte einen Schwarzen, ich einen Campari mit Bäziwasser.

»Und jetzt?« fragte er.

»Es sieht nicht gut aus für Hans. Fangen müssen wir ihn – je schneller, desto besser. Ich bin noch nicht überzeugt davon, dass er der Mörder ist, aber er muss schnellstens spucken, was er weiss. Ist er nicht schuldig, kann es ihm gehen wie Daniel.«

Muntwyler nickte. Ich fuhr fort:

»Hans hat kein Geld bei sich. Aus seinem Zimmer hat er nichts mehr geholt. Auf der Hauptstrasse darf er sich nicht zeigen; er hat ja nicht wissen können, dass die Suche nach ihm erst so spät beginnt. Wohin also? Doch bestimmt zu seinen Brüdern in Flühli. Aber nicht über die Strasse Wiggen – Escholzmatt – Schüpfheim. Der Hilfernpass? Lässt sich per Velo machen, aber auch dort hat es Menschen. Die beste Lösung: Er fährt mit dem Rad gegen die Hauptstrasse hinunter und versteckt es im Gebüsch. Bei der Seilbahn huscht er zu Fuss über die Strasse, verschwindet in den Wald gegenüber und steigt über den Lochsitenberg auf die Schratten hinauf und nach Flühli hinunter. In vier bis fünf Stunden ist er dort.«

»Das hätte uns früher einfallen sollen.«

Muntwyler eilte ans Telefon. Als er zehn Minuten später zurückkam, grinste er:

»Der Polizist Jenni in Flühli will nicht so recht. Es sei schüüli wiit zum Hof der Amstutz hinauf. Es seien gewalttätige Leute, und allein gehe er nicht gern. Ich habe angetönt, der Hans könnte einen Karabiner bei sich haben. Jetzt kann man sicher sein, dass der Rolf Jenni das halbe Militär mitnimmt, das im Schulhaus den WK macht. Aber so fangen sie ihn bestimmt – wenn er wirklich dort ist.«

Tagebuch, 20. Oktober

Onkel Max ist seit vorgestern aus dem Tessin zurück. Heute morgen besuchte er mich im Büro. 79.80 für den John Gunther sei zuviel, er habe das Buch gelesen und werde es nächstens retournieren. Ich hoffe, er will wenigstens die 19.95 nicht zurück!

Onkel Max gab mir den siebten Teil seines Berner Geld- und Ungeistromans, der immer langweiliger wird, während doch in einem Krimi und einem Drama die Spannung gegen Ende steigen soll. Die Reisen nach Stuttgart, Ascona und nun noch nach Steffisburg haben sich als totale Flops herausgestellt. Warum nicht endlich sagen, wo Lötschers Leiche hingekommen ist? Man sparte Papier und Zeit.

Onkel Max sagte mir, »Inside the USA« habe ihn dazu angeregt, ein paar Geschichten aus dem amerikanischen Alltag zu schreiben. O Gott, o Gott!

Der Fall Lötscher, 7. Teil

Es war vier Uhr vorbei, als wir nach Marbach zurückkehrten. Vor dem Schulhaus stand ein Renault.

»Das ist Stollers Wagen«, sagte ich.

Muntwyler stellte seinen Opel daneben. Das Schulhaus sah verlassen aus, aber der Haupteingang war nicht verschlossen. Im Innern herrschte eine ungewöhnliche Stille. Wir drückten auf die Türfallen der vier Zimmer im Parterre: alle verschlossen.

»Unten ist die Kochschule – gehen wir nach oben!« meinte Muntwyler.

Im oberen Geschoss stand eine Türe offen. Wir traten ins Zimmer. Stoller kniete vor einer sargähnlichen Kiste. Als Muntwyler sich räusperte, fuhr Stoller erschrocken auf – der Deckel fiel zu. Nachdem er mich erkannt hatte, reichte er mir die Hand. Ich stellte meinen Begleiter vor. Bevor ich noch eine Frage stellen konnte, erklärte Stoller:

»Wie Sie sehen, sind wir früher zurückgekehrt. Nach Ihrem Besuch haben wir keine Ruhe mehr gehabt, und dann hat es auch noch geregnet.«

»Wo ist Fräulein Lenz?«

»Sie schläft heute bei Maja. Morgen suchen wir eine Wohnung für Käthi.«

»Was tun Sie denn hier?« fragte Muntwyler; »Sie haben doch Ferien!«

»Ich bin noch zuhause gewesen – in Sempach, und von dort ist es nicht weit bis hierher. Wissen Sie, einen Teil meines Gehalts zahlt die Gemeinde, und das Geld muss ich beim Gemeindeschreiber abholen.«

»Was haben Sie denn im Sarg da?«

»Das ist die Schulbibliothek. Die Bücher werden uns von der Volksbibliothek in Luzern geliehen – auf ein Jahr. Ich gebe die Bücher an die Kinder aus. Unsere Fleissigen haben schon alles gelesen, und deshalb will ich die Bücher nach Luzern mitnehmen und auswechseln. Vielleicht darf ich einen der Herren bitten, mir zu helfen und die Kiste zu meinem Auto zu schleppen?«

Muntwyler und ich trugen den schweren Sarg durchs

Schulhaus hinunter, während Stoller vorauseilte und die Tür öffnete. Der grösste Teil der Kiste schlüpfte in den Gepäckraum, ein Viertel ragte nach hinten hinaus.

»Vielen Dank! Festbinden und beflaggen kann ich das Ding selber«, meinte Stoller.

Mir kam eine Idee, und ich fragte Stoller, ob er Lust hätte, uns bei der Untersuchung des Falles Lötscher zu helfen. Er nickte und meinte, er sei dazu gern bereit. Er wusste noch nichts von der Ermordung Daniels und vom Verschwinden von Hans, und ich klärte ihn auf, soweit das nötig war.

»Es geht um den Mann, den Fräulein Lenz in Langnau am Kiosk gesehen hat. Wir meinen, es könnte entweder Daniel oder der Präsi gewesen sein. Wenn Sie mit Herrn Muntwyler nach Langnau fahren, wird er Ihnen eine Photographie des Präsi verschaffen. Dann könnte er nach Luzern telefonieren und veranlassen, dass Sie dort ein Bild von Daniel erhalten. Sehen Sie Fräulein Lenz noch heute oder erst morgen?«

»Morgen – wir haben auf elf Uhr abgemacht. Aber ich kann auch noch heute nach Zürich fahren, wenn es eilt.«

»Morgen ist früh genug. Legen Sie ihr die Bilder vor, und sie soll dann Herrn Muntwyler gleich anrufen und sagen, ob sie den einen oder den andern erkennt.«

»Alles klar!«

Während Stoller ins Schulhaus eilte, um ein Stück Seil zu suchen, sagte ich zu Muntwyler, ich werde mich nach Hansens Fahrrad umsehen und in Langnau anrufen, falls es zum Vorschein komme. Er seinerseits versprach, mich zu benachrichtigen, falls Hans gefasst werden sollte. Auch wolle er mich informieren, sobald er von Käthi Lenz gehört habe. Ich fragte Muntwyler, ob er die Verkäuferin am Kiosk einvernommen habe. Er nickte:

»Sie weiss von nichts. Sie ist erst seit einem halben Jahr in Langnau und kennt die Leute noch nicht.«

Stoller kam zurück und band die Kiste fest. Dann reichte er mir die Hand:

»Bei Wedekind ist die Lulu an allem schuld«, sagte er.

Ich blickte den beiden Wagen nach, die in Richtung Wiggen davonfuhren: Muntwylers Opel voran, der Renault hinterher. Stoller hatte einen roten Wimpel am Sarg befestigt, der im Winde spöttisch winkte.

Tagebuch, 23. Oktober 1986

Besuchte Onkel Max um vier Uhr. Er gab mir John Gunthers Buch und wollte die 19.95 nicht zurück. Ich hätte auch gar nicht soviel Geld auf mir gehabt – es besteht doch immer die Versuchung, dass man das Geld, das man auf sich trägt, früher oder später ausgibt. Nun erhält mein Sohn sein Buch zurück – und ich habe 19.95 daran verdient!

Onkel Max gab mir das achte Kapitel und eine »Geschichte aus dem amerikanischen Alltagsleben«, die ich unterdessen gelesen habe. Warum sich ein Schweizer über sterbende Wale aufregen soll, ist mir unverständlich. Wir sind doch keine seefahrende Nation und können bestens ohne Wale, Robben und andere Ungeheuer auskommen. Ich wäre der chemischen Industrie in Basel dankbar, wenn sie endlich einmal ein Gift erfände, das diesen ekelhaften Aalen im Rhein ein Ende setzen würde.

Zuletzt ein Wort über die Naivität dieser Detektive: Wenn ich einen Sarg in den Händen von Stoller erblickt hätte, hätte ich mir zuerst den Inhalt angesehen und das Märchen von der Schulbibliothek bestimmt nicht geglaubt. Wir werden ja noch sehen, wer sich in dem Sarg befindet!

Tagebuch, 24. Oktober 1986

Du wirst Dich sicher gefragt haben, lieber Leser, warum die Romanfiguren von Onkel Max so seltsame Namen tragen. Im Telefonbuch unter Wiggen findest Du sie nicht. Dass die ganze Handlung erstunken und erlogen ist, wirst Du ja unterdessen gemerkt haben. Aber item: die Namen. Zuerst wimmelte es in Onkel Maxens Kapiteln von Uelis, Köbis und Sepps. Ich sagte ihm – ich glaube, es war schon nach Kapitel drei: Ueli, Köbi und Sepp – so heissen die Leser selber, und die wollen sich nicht mit Emmentaler Mistkratzern identifizieren. Er fragte, ob ich eine bessere Idee habe. Ja, die hatte ich. Ich gab ihm das Who's Who der Gesellschaft Oltner Betriebsökonomen, das ich im Brockenhaus der Heilsarmee an der Industriestrasse in Olten hatte mitlaufen lassen – in der Meinung, es sei die Erstausgabe von Kurt Schwitters' »Die Kathedrale«. Die meisten Namen, die in dieser Geschichte auftauchen, sind die Namen von Personen, die die Schweiz durch den Wirtschaftsdschungel der Zukunft führen werden: kluge, integre Leute, Spitzenmanager, denen das Volksinteresse mehr am Herzen liegt als der schnöde Profit. Als Beweis erwähnte ich die Tatsache, dass neun von zehn Mitgliedern den schlecht beleumdeten Kanton Solothurn verlassen hatten, um in saubereren Gefilden zu wirken.

Onkel Max drückte mir gerührt die Hand und benannte fast alle Protagonisten nach dem besagten Verzeichnis um. Natürlich kennt er niemanden, und die Eigenschaften, die er den Betreffenden zuschreibt, sind rein zufällig. Wer aber hier namentlich vorkommt, in welcher Rolle auch immer, soll stolz sein, sich geschmeichelt fühlen und anstandshalber zehn Bücher aus meinem Verlag bestellen. Speziell weise ich auf »Wirtschaftskunde für Theologen« hin.

Der Fall Lötscher, 8. Teil

Zur »Schwand« hinauf braucht man etwa eine halbe Stunde zu Fuss. Ich beschloss, durchs Dorf zu gehen, mich nach Hans zu erkundigen und nach seinem Fahrrad Ausschau zu halten.

Ich kam an der Post vorbei, schritt zur Kirche hinauf, durch den Friedhof um diese herum, dann auf den Hauptplatz hinunter. Dem Brunnen gegenüber lag ein Lebensmittelgeschäft. Mir fiel ein, dass ich Frau Lötscher ein Gastgeschenk schuldete, und liess mir die grösste Pralinenschachtel einpacken, die vorhanden war.

»Sie sind sicher der Polizeier von der Judith Lötscher«, sagte die ältere, weissbeschürzte Frau, die mich bediente. »Ich bin mit dem Eduard verwandt – unsere Väter sind Vettern gewesen.«

»So heissen Sie auch Lötscher?«

»Ich habe als ledig Lötscher geheissen und einen Lötscher geheiratet.« Sie lachte: »Die Auswahl an Namen ist bei uns nicht gross: Lötscher, Zihlmann, Haas, ein paar Friedli und Renggli.«

Es stellte sich heraus, dass Frau Lötscher-Lötscher über das Wesentliche der Ereignisse von heute morgen informiert war. Martin Matter war in der Käserei ausgefragt worden, ausserdem hatte man die Ambulanz und den Laborwagen gesehen. Man wusste inzwischen auch, dass Hans ausgerissen war – aber im Dorf habe ihn niemand erblickt. Ich solle Judith Lötscher ausrichten, falls sie Hilfe brauche, könne man das Mariannli oder das Gritli schicken.

Mich noch anderswo zu erkundigen, wäre sinnlos gewesen. Wenn Hans sein Fahrrad irgendwo abgestellt hatte, dann bevor er zur Hauptstrasse gekommen war. Ich stieg gegen die »Schwand« hinauf. Beim Eingang zum Wald blieb ich stehen. Von dieser Stelle aus hätte Hans schnurgerade zur Strasse hinunterklettern können. Links lag die Talstation der Schwebebahn; da die erste Kabine erst um acht Uhr fuhr, hätte er ungesehen der Schneise der Schwebebahn folgen können – bis in den Wald; dann links hinüber und gegen die Schrattenfluh hinauf.

Ich zwängte mich zuerst einige Meter links vom Fahrweg durchs Gebüsch und fand ein Paar alte Stiefel und einen Autopneu. Nach etwa zwanzig Metern wechselte ich auf die andere Seite des Fahrwegs hinüber und arbeitete mich zurück. Kurz vor dem Waldrand stiess ich auf das Fahrrad. Ich schob es auf den Weg hinaus, befestigte die Pralinenschachtel auf dem Gepäckträger und stiess es langsam gegen die »Schwand« hinauf.

Den Knall hörte ich erst, nachdem die Kugel die Lampe des Fahrrads zertrümmert hatte. Ich warf mich zu Boden, rollte über den Wegrand hinaus ins Gebüsch und kroch hinter den Stamm einer Tanne. Ein zweiter Schuss pfiff über mich hinweg.

Gut hundert Meter bergwärts beschrieb der Weg eine scharfe Kurve und führte etwa achtzig Meter oberhalb der Stelle, an der ich mich eben befunden hatte, wieder vorbei. Der dazwischenliegende Hang war bewaldet, aber es gab Lücken und Schneisen, und durch eine solche war geschossen worden – wohl vom oberen Wegstück herab.

Der Schütze musste wissen, dass ich nicht bewaffnet war. Er konnte den Hang hinabklettern und mich aus nächster Nähe abknallen – falls ich auf ihn wartete. Ich hatte meinerseits die Möglichkeit, den Hang hinabzurutschen. In kürzester Zeit konnte ich die Hauptstrasse erreichen und in der Talstation der Seilbahn Schutz suchen. Bei den vielen Bäumen war es unwahrscheinlich, dass mein Feind noch einmal zum Schuss gelangen würde, bevor er den Waldrand erreicht hatte.

Vielleicht glaubte er, dass er mich getroffen hatte?

Während mir diese Gedanken durch den Kopf schossen, blieb ich bewegungslos liegen und lauschte. Weiter oben knackte es im Gebüsch. Die Geräusche entfernten sich in Richtung Schärlig. Dann blieb alles ruhig. Eine Viertelstunde später vernahm ich das Geknatter eines Traktors. Es wurde lauter. Martin Matter kam den Berg herunter, die abendlichen Milchkannen auf dem Wagen. Vor dem Fahrrad, das mitten auf dem Weg lag, hielt er an und sprang ab. Ich erhob mich und trat hinter dem Baum hervor. Martin fuhr zusammen. Ich erzählte ihm, was geschehen war, und fragte:

»Können Sie das Fahrrad mitnehmen, wenn Sie zurückkommen?«

Martin nickte. Ich stellte es an den Wegrand. Er las die grösseren Scherben zusammen und warf sie ins Gebüsch. Plötzlich hielt er ein Stück Blei zwischen den Fingern.

Ich nahm ihm die Kugel aus der Hand und schob sie in die Hosentasche: »Tells Geschoss war das nicht! Wie viele Karabiner gibt es auf der ›Schwand‹?«

»Edy, Daniel, Hans – alle sind beim Militär.«

»Also drei!«

»Soll ich meinen auch mitbringen?«

»Warum nicht – besser einen zuviel als zu wenig!«

Martin schwang sich auf den Sitz des Traktors und ratterte weiter.

Es war mir doch zu riskant, dem Weg zu folgen. Ich ergriff die Pralinenschachtel und schlug mich ins Gebüsch. In einem grossen Bogen nach links kletterte ich die Hänge hinauf. Ausser Atem langte ich bei den Tannen gegenüber dem hinteren Eingang an. Als ich mich etwas ausgeruht hatte, spurtete ich in den alten Stall. Niemand schoss auf mich, aber Elsi liess vor Schreck einen Teller fallen, als ich vom Treppenhaus her in die Küche trat.

Frau Lötscher, die Kartoffeln schälte, blickte mich fragend an. Ich überreichte die Pralinen, dann erklärte ich den Grund meines seltsamen Benehmens. Unverzüglich machten wir uns auf die Suche nach den Waffen.

Das Gewehr von Hans hing an der Tür seines Zimmers. Es war nicht geladen. Ich roch an der Mündung des Laufs und am Magazin – es war seit langem nicht gebraucht worden. Die Patronentasche hing neben der Uniform im Schrank. Sie enthielt drei volle Magazine. Ich entfettete den Lauf mit einer Schnur und einem Lümpchen und setzte ein Magazin ein.

Eduard Lötschers Waffe stand im Kasten des Schlafzimmers und roch nach Mottenkugeln. Ich nahm das Magazin heraus und beleuchtete das Innere des Laufs mit der Taschenlampe. Er war schon vor längerer Zeit eingefettet worden.

Daniels Karabiner befinde sich im Stöckli. Niemand schoss auf uns, als wir den Hof überquerten. Auch Daniels Gewehr war eingefettet und roch nach allem Möglichen, aber nicht nach Pulver.

»Gibt es noch andere Waffen auf der ›Schwand‹«, fragte ich.

»Der Vater von Eduard hat auch ein Gewehr gehabt. Es wird auf dem Estrich sein.«

Wir stiegen an meiner Kammer vorbei in den zweiten Stock hinauf. Vom rechten Ende des Gangs führte eine Leiter in den Dachstock hinauf. Eine Oeffnung unterhalb des Giebels verbreitete etwas Licht. Die Waffe wurde gefunden; sie war bestimmt zwei Meter lang und musste zur Zeit des Sonderbundskrieges modern gewesen sein.

Von unten rief Elsi, dass ich am Telefon verlangt werde. Ich stürzte die untere Hälfte der Leiter hinab, vertrat mir den Fuss und humpelte weitere vier Treppen in die Küche hinunter. Muntwyler war am Apparat.

»Sie haben ihn!« rief er triumphierend.

»Sie haben den Hans!« sagte ich und blickte Elsi bedeutungsvoll an; sie erbleichte und begann zu schluchzen.

»Er ist zuhause gewesen, als Jenni mit seinen Trabanten angerückt ist. Er hat sich nicht gewehrt und hat sich friedlich abführen lassen. Jetzt sitzt er im Loch in Schüpfheim.«

»So, so, er hat alles zugegeben – den Mord an Lötscher und den Mord an Daniel.«

»Was reden Sie denn für Quatsch?« fragte Muntwyler.

»Was, sechzehn Jahre Zuchthaus? Da wird er ja vierzig, bis er herauskommt!«

»Ach so, Sie machen den Weibern etwas vor. Nur weiter!« Muntwyler hatte keine lange Leitung.

»Einen Augenblick!« sagte ich.

Elsi war laut heulend aus der Küche geflohen. Frau Lötscher machte ein bestürztes Gesicht. Ich bedeutete ihr, Elsi zu folgen. Gehorsam stieg sie in Elsis Zimmer hinauf.

Nun erzählte ich Muntwyler, wie ich das Fahrrad gefunden und einem unbekannten Schützen als Zielscheibe gedient hatte.

»Der Hans kann es nicht gewesen sein«, meinte Muntwyler, »und der Präsi hat wieder ein Alibi. Er hockt seit vier Uhr im ›Hirschen‹ drüben und liest die Illustrierte. Sein Mercedes steht genau vor dem Posten. Ich habe meinen Wagen hinter dem Haus parkieren müssen.«

»Seltsam«, sagte ich.

»Mehr als seltsam«, meinte er.

»Versuchen Sie herauszufinden, wann er nach Hause fährt!«

»Augenblick!« rief Muntwyler. Zehn Sekunden später war er wieder am Apparat. »Gerade jetzt ist er weggefahren.«

»Fragen Sie doch im ›Hirschen‹ nach, ob ihn jemand geholt oder ob er einen Anruf erhalten hat.«

»Wird gemacht. Seien Sie auf der Hut!«

»Solange der Mercedes nicht vor dem Langnauer Polizeiposten steht, besteht keine Gefahr. Aber wenn der Präsi wieder anrücken sollte, dann alarmieren Sie mich!«

»Versteht sich«, meinte er und hängte auf.

Tagebuch, 27. Oktober 1986

Habe John Gunthers »Inside the USA« gestern nach Zürich mitgenommen und im Antiquariat Michael Stockinger für 8.– verkauft. Wie hätte ich denn auch meinem Sohn das Buch zurückgeben können? Am Ende wäre noch die Wahrheit ans Tageslicht gekommen, und er hätte von mir 19.95 verlangt!

Onkel Max gab mir den neunten Teil seiner Emmentaler Odyssee und eine weitere Geschichte über diesen Andy Hirt. Ich sage immer, man soll sich mit Andersfarbigen nicht einlassen. Entspricht die Geschichte der Wahrheit und plaziert die FBI solche Damen wirklich als Sekretärinnen der Kongressabgeordneten, besteht die Gefahr, dass bald einmal der ganze amerikanische Kongress an AIDS erkrankt. Alle paar Wochen müssten neue Abgeordnete gewählt werden, was der Demokratie an sich nicht unbedingt abträglich wäre. Nähme die Entwicklung im National- und Ständerat eine ähnliche Richtung, würde ich in Ermangelung anderer Kandidaten vielleicht auch noch nach Bern berufen.

Der Fall Lötscher, 9. Teil

Es war an der Zeit, Elsi auf den Zahn zu fühlen. Ich fand die beiden Frauen in Elsis Zimmer. Die jüngere lag auf dem Bett und schluchzte ins Kissen hinein, die ältere sass am Bettrand und streichelte ihr übers Haar. Ich schob einen Stuhl herbei und setzte ein grimmiges Gesicht auf:

»Einem Mörder Hilfe zu leisten oder Informationen über einen Mord zurückzuhalten – das gilt vor dem Gesetz als Beihilfe zu Mord und wird mit Zuchthaus bestraft.«

Elsi schluchzte lauter, und Frau Lötscher blickte mich missbilligend an. Ich zwinkerte ihr beruhigend zu und fuhr fort:

»So, und jetzt Schluss mit dem Geheul und heraus mit der Wahrheit! Warum hat Hans den Daniel erstochen?«

»Hat er doch nicht! Er ist ja bei mir im Zimmer gewesen!« tönte es aus dem Kissen hervor.

Frau Lötscher zog ihre Hand zurück und schleuderte flammende Blicke auf Elsi:

»Was, du Luder! Wie lang …«

Ich beschwor Frau Lötscher mit erhobenen Händen, die Ruhe zu wahren. Empört stand sie auf und schritt auf die Tür zu; aber sie überlegte es sich anders und drehte sich um.

»Da hört doch alles auf!« sagte sie.

»Elsi ist siebzehn gewesen«, gab ich ihr zu verstehen, »und schon mit sechzehn darf ein Mädchen heiraten, wenn es will. Ihr habt doch heiraten wollen?« wandte ich mich an Elsi.

Sie setzte sich auf und nickte energisch mit dem Kopf. Unter dem Kissen fand sich ein Taschentuch, mit dem sie sich die Augen trocknete. Ich fragte:

»Hans ist also gestern um halb zehn zu Ihnen aufs Zimmer geschlichen. Wie lang ist er geblieben?«

»Wie immer – eine Stunde oder so.«

Frau Lötscher schüttelte entsetzt den Kopf: »Und ich habe von allem nichts gewusst!«

»Seit wann geht ihr zwei miteinander?« fragte ich.

»Seit anfangs Mai, seit er die Annette aufgegeben hat.«

»Warum hat er Annette aufgegeben?«

»Weil er sich in mich verliebt hat – Annette hat ihm nicht mehr gefallen.«

»Aber am 14. Juni, am Tag, als Eduard Lötscher verschwunden ist, hat Hans den VW genommen und ist zu Annette gefahren.«

»Ist ja gar nicht wahr! Ich habe am Wald unten auf Hans gewartet, und wir sind nach Bern gefahren.«

»Und während Elsi und Hans mit dem Auto vornehm in der Welt herumkutschieren, reist der Meister mit der PTT!« rief Frau Lötscher empört.

»Man muss den jungen Leuten auch etwas gönnen«, beschwichtigte ich.

Elsi lächelte mir dankbar zu. Das war Frau Lötscher zuviel:

»Wir reden noch darüber!« sagte sie und stürmte die Treppe hinunter, während ich das Verhör wieder aufnahm:

»Hans hat den Daniel also nicht getötet. Aber wie steht es mit den 15 000 Franken?«

»Der Hans stiehlt gewiss kein Geld!«

»Wer hat es denn genommen?«

»Hans und ich haben uns das auch überlegt. Der Meister kommt nicht in Frage, die Meisterin auch nicht. Es kann also nur Daniel gewesen sein oder jemand, der zu Besuch gekommen ist.«

»Habt ihr oft Besuch?«

»Wie überall. Am Sonntag kommt fast immer jemand vorbei, das ist so Brauch.«

»Hat Daniel auch Besucher gehabt?«

»Sicher! Er kennt viele Johanniter; zwei- oder dreimal haben sie eine Andacht im Stöckli gehabt.«

»Wie viele sind da zusammengekommen?«

»Zwei Dutzend.«

»Ist der Präsi auch dabei gewesen – und der Johannes?«

»Der Präsi immer, den Johannes kenne ich nicht. Die Meisterin ist ja auch bei denen, und den Meister hätten sie auch gern bekehrt.

»Wie stellt sich der Meister zum Präsi?«

»Er weiss, dass der Präsi die Meisterin selbst gern gehabt hätte, und grün ist er ihm nicht. Aber was soll er sagen? Zu ihm kommen ja viel mehr Leute als zu ihr: die Landesringler, die Kameraden vom Militär, die Verwandten vom Dorf.«

»Und wer kommt zu Hans und zu Ihnen?«

»Der Hans kennt hier wenig Leute; er ist von Flühli. Zu mir kommt manchmal eine Freundin oder – Elsi errötete – einer, der fensterlen will.«

»Und der Bäri bellt nicht?«

»Nicht wenn er ihn kennt!«

»Wie zähmt man denn so ein Tier?«

»Man kommt am Tag vorbei und gibt ihm einen Knochen, oder man streichelt ihn vor der Käserei und gibt ihm einen Cervelat. Nach ein paar Tagen kennen die Hunde einen und geben nicht mehr an. – Darf ich Sie auch etwas fragen?«

»Aber sicher!«

»Wo ist Hans?«

»In Schüpfheim – im Gefängnis.«

»Aber er hat ja nichts getan!«

»Er hat gelogen; er hat gesagt, er sei am 14. Juni in Steffisburg gewesen; und dann ist er ja heute morgen ausgerissen – und das deutet auf ein schlechtes Gewissen hin.«

»Er hat halt Angst bekommen. Ich habe selber gehört, wie Sie, Herr Frei, gesagt haben, er habe den Daniel ermordet und bekomme lebenslänglich. Was geschieht jetzt mit ihm?«

»Ich habe keine Ahnung. Am besten wäre es, man fände endlich den Eduard Lötscher, tot oder lebendig, und die 15 000 Franken. Wenn man wenigstens wüsste, wer den Bäri vergiftet hat ...«

»Ich will nichts gesagt haben – aber wie wir gestern gehört haben, dass Sie gegen Abend kommen, da ist der Daniel nervös geworden. Während meiner Zimmerstunde hat er telefoniert, ich habe es schon gemerkt; die halbe Asche von seiner Pfeife ist beim Telefon am Boden gelegen. Und wie ich am Abend die Fleischsuppe gemacht habe, hat das grösste Stück Siedfleisch gefehlt. Am Ende hat es der Bäri bekommen – mit Rattengift.«

»Wo ist das Rattengift?«

»Im Stall, in einer Büchse auf dem Sims neben der Tür.«

»Weiss Hans, dass Daniel telefoniert und ein Fleischstück genommen hat?«

»Nein. Es ist mir erst jetzt wieder in den Sinn gekommen. Ich habe mir dabei nichts gedacht. Es kann jeder in die Küche und ein Stück Fleisch und Brot nehmen, wenn er Hunger hat. Aber gewöhnlich schneidet man sich vom Schinken ab.«

»Haben Sie Frau Lötscher gegenüber das verschwundene Fleisch erwähnt?«

Elsi schüttelte den Kopf.

»Daniels Anruf kann sie nicht gehört haben?«

»Nicht wenn sie nicht in der Küche ist. Und bei uns hat es ja nicht geklingelt.«

Hans schien wirklich unschuldig zu sein. Ich musste die Polizei in Schüpfheim und Muntwyler informieren.

»Ich nehme an, Hans wird morgen freigelassen«, sagte ich zu Elsi.

Wir stiegen in die Küche hinab, wo Frau Lötscher und Martin am Tisch sassen und die letzten Kartoffeln schälten. Quark, Käse, Butter, Honig, Konfitüre und Brot standen auf dem Tisch.

Beim Essen sagte keiner ein Wort. Schliesslich fragte ich Martin, ob er über Nacht hierbleiben könne. Er bejahte und deutete auf seinen Karabiner, der neben der Tür zur Laube stand:

»Den Hund habe ich auch mitgebracht.«

Ich folgte Martin auf die Laube, wo ein ungeheurer Bernhardiner sass.

»Alex, dä Ma da isch okey«, sagte Martin zu ihm; »chum und schmöck en!«

Der Bernhardiner kam herbei, beroch mich von den Schuhen bis an den Bauch und setzte sich wieder hin.

»Jetzt kennt er Sie – mindestens ein paar Wochen lang. Wenn wir ihn nachher an die Kette legen, lässt er niemand mehr durch, den er nicht kennt. Er beisst nicht; er wirft die Leute einfach um, legt ihnen die Pfoten auf die Brust und bellt, bis jemand kommt.«

»Und wenn zwei kommen?«

»Wir haben es noch nie versucht.«

Ich nahm Martin zur Seite und sagte, ich hätte noch gern die Jauchegrube untersucht, bevor es dunkel werde. Frau Lötscher brauche davon nichts zu wissen.

Er verstand mich, und wir gingen zum Stall hinüber. Die Grube lag nicht weit von der Stallwand entfernt – gegen das Haus zu; nur von der guten Stube und vom Schlafzimmer der Lötschers aus hätte man uns beobachten können. Martin und ich hoben zuerst alle Deckbretter ab, dann holten wir zwei von den Bohnenstangen, die an der Remise lehnten, und stocherten die Grube systematisch ab. Wäre auch nur eine tote Katze darin gelegen, wir hätten sie in die Höhe gebracht.

Wir deckten die Grube wieder zu und wollten eben die Stangen zurücktragen, als Frau Lötscher von der Laube aus rief:

»Lasst sie dort liegen, bis sie sich ausgestunken haben!«

Tagebuch, 17. November

Habe lange nichts mehr ins Tagebuch geschrieben. Die Taiwan-Grippe hat sowohl Onkel Max als auch mich bettlägerig gemacht. Jetzt geht es besser, und heute hat mir Onkel Max den zehnten Teil des Falls Lötscher gebracht. Während der Krankheit habe er über seine Kindheit nachgedacht und einige Seiten geschrieben. Bis Weihnachten hoffe er mit dem Fall Lötscher und dem ersten Teil der Memoiren fertig zu sein.

Tagebuch, 18. November

Mein Sohn hat John Gunthers »Inside the USA« in Zürich bei Michael Stockinger für 30,– antiquarisch erworben. Es ist zum Haarausreissen – bei dem Handel habe ich im ganzen 2.05 verloren!

Der Fall Lötscher, 10. Teil

Es war acht Uhr, als ich Muntwyler am Telefon erreichte. Ich teilte ihm mit, was Elsi erzählt hatte. Er meinte, Jenni verdiene es, dass man ihm seinen Gefangenen noch heute entreisse, der Kamm könnte ihm sonst zu sehr wachsen. Ob ich mit nach Schüpfheim kommen wolle?

»Gern. Wo treffen wir uns?«

Nach kurzem Ueberlegen meinte er: »Leihen Sie sich Lötschers VW aus und stellen Sie ihn in Wiggen an den Bahnhof. Ich telefoniere jetzt noch mit Luzern, dann fahre ich los und nehme Sie von Wiggen aus nach Schüpfheim mit.«

Elsi wusch Spinat, während Frau Lötscher vor einem hölzernen Zuber stand und Wäsche einweichte; beide hatten meine Seite des Gesprächs vernommen. Frau Lötscher sagte, der Bund mit den Autoschlüsseln sei in ihrer Handtasche und diese im Schlafzimmer.

Während sie die Schlüssel holte, flüsterte ich Elsi zu, dass Hans wahrscheinlich noch heute Abend entlassen werde.

Ich hatte sei Monaten nicht mehr am Steuer eines Wagens gesessen und muss wohl langsam gefahren sein, denn Muntwylers Opel stand schon am Bahnhof. Ich stellte den VW neben den Eingang zum Stationsgebäude. Eine Viertelstunde später waren wir in Schüpfheim. Die Einvernahme mit Hans förderte nichts Neues zu Tage. Er habe sich halt geschämt, offen zuzugeben, dass man ihn in der »Tanne« hinausgesetzt habe. Er wolle aber gestehen, dass ihm Elsi lieber sei als Annette; er hätte früher oder später sowieso mit Annette gebrochen – ihr Vermögen hin oder her.

Ich brachte Daniel ins Gespräch. Alles, was wir von Hans erfahren konnten, war, dass er und Daniel sich aus dem Weg gegangen waren. Daniel sei ein fanatischer Sektierer gewesen; seine Religion habe ihm alles ersetzt: Familie, Frauen, Freunde. *Einen* dicken Freund habe er allerdings gehabt: den Präsi. Er, Hans, habe geglaubt, der Präsi werde Daniel bald einmal im »Fröschengraben« einstellen. In letzter Zeit sei Daniel etwa jeden zweiten Sonntag dort gewesen.

Dass Daniel den Hund vergiftet habe, sei möglich. Daniel habe alle Tiere gehasst, hingegen habe er Geranien gezüchtet.

Wir mussten warten, bis das Protokoll getippt war und Hans unterschrieben hatte. Er musste versprechen, Marbach vorderhand nicht zu verlassen und sich zur Verfügung der Polizei zu halten. Dann wurden ihm seine Sachen ausgehändigt: Gürtel, Schuhbändel, Portemonnaie, Schlüsselbund, Streichhölzer, Zigaretten, Schnupftuch. Es war zehn Uhr vorbei, als wir uns zu dritt auf den Weg nach Wiggen machten.

Die Nacht war dunkel, kein Mond, nur hier und dort ein Stern zwischen den Wolken. Ein kühler Wind war aufgekommen; es sah nach Regen aus.

»Es ist immer so, wenn ich Ferien mache«, sagte Muntwyler. »Wenn's in Braunwald einmal regnet, dann bleiben einem nur das Bett und die Flasche. Wenn meine Alte nicht wäre, ich bliebe daheim.«

»Kann ich mir denken«, sagte ich, »meine Beerdigung möchten Sie denn doch nicht verpassen.«

»Beerdigung? Ich glaube nicht, dass noch einmal geschossen wird. Morgen wimmelt's in der ›Schwand‹ von Polizisten, die Lötschers Leiche suchen. Sie haben nicht viele Morde im Kanton Luzern, aber diese werden fast immer aufgeklärt.«

Als Muntwyler vor dem Bahnhof hielt, fragte mich Hans, ob er fahren solle. Ich nickte und gab ihm die Schlüssel. Während Hans zum VW hinüberschritt, verabschiedete ich mich von Muntwyler und bat ihn nochmals, mich anzurufen, sobald er von Käthi Lenz gehört habe. Falls der Präsi der Mann beim Kiosk gewesen sei, hätte ich einen guten Grund, ihn morgen aufzusuchen und auszufragen. Andernfalls musste ich den »Fröschengraben« auf diskretere Weise unter die Lupe nehmen.

Hans hatte eben die Tür auf der Fahrerseite geöffnet, als der Stationsbeamte auf ihn zutrat und fragte:

»Ist das Ihr Auto?«

Hans verneinte. Der Wagen gehöre dem Eduard Lötscher, bei dem er im Dienst stehe; der Fahrzeugausweis sei im Handschuhfach. Muntwyler und ich waren ausgestiegen und gingen zum VW hinüber. Hans bückte sich, um die Dokumente herauszuholen. Ich riss ihn zurück und bat die andern, vom VW zurückzutreten.

»Hat einer vorne oder hinten die Haube geöffnet?« fragte ich.

Der Stationsbeamte nickte:

»Der Mann hat gesagt, er könne den Wagen hier nicht reparieren, die Zündung sei hin; er werde ihn morgen früh abschleppen lassen.«

»Eine Bombe!« rief Muntwyler.

Wir traten in den Flur des Stationsgebäudes. Der Beamte blickte in Richtung auf den Telefonapparat:

»Ich muss wohl die Polizei anrufen?«

»Ist schon da«, sagte Muntwyler. »Erzählen Sie mal!«

Der Stationsbeamte sagte, er habe gegen neun Uhr das Gebäude durch den hinteren Ausgang verlassen, um sich auf die Toilette zu begeben (gemildert – Hg.). Es sei schon ziemlich dunkel gewesen, aber er habe doch gesehen, dass einer am VW herumhantiert habe; die Motorhaube sei offen gewesen. Er sei herangetreten und habe gefragt, ob er mit einer Taschenlampe leuchten solle. Der Mann habe die Haube zugeschlagen und gesagt, es sei sinnlos, die Zündung sei hin, er müsse den Wagen bis morgen stehenlassen. Dann sei der Mann zur Hauptstrasse hinuntergegangen.

»Wie hat er ausgesehen?«

»Gross, grösser als ich, mager, kurzgeschnittene Haare. Ich habe ihn in der Dunkelheit nicht genau gesehen.«

»Hat ihn ein Auto gebracht?«

»Wie er gekommen ist, weiss ich nicht.«

»Sie haben nicht bemerkt, ob an der Hauptstrasse ein Wagen auf ihn gewartet hat?«

Der Beamte schüttelte den Kopf.

»Bleiben Sie alle brav hier!« sagte ich und öffnete die Tür des Stationsgebäudes.

»Halt, das ist meine Sache«, meinte Muntwyler und stiess mich zurück. »Sorget für Weib und Kind!« grinste er, bevor er der Länge nach zu Boden stürzte; ich hatte ihm ein Bein gestellt.

Während Hans und der Stationsbeamte ihm auf die Beine halfen, holte ich die Taschenlampe aus dem Handschuhfach. An der Haube zeigte sich nichts Verdächtiges. Wenn der Bombenleger sie so unbeschwert zugeschlagen hatte, sollte sie auch ohne Gefahr zu öffnen sein. Als ich die Haube abgestützt hatte, lebte ich noch.

Die drei Dynamitstäbe waren zusammengeschnürt und lagen obenauf. Eine Zündschnur führte nach unten. Ich holte mein Taschenmesser hervor und zerschnitt die Schnur. Dann hob ich das Dynamit heraus und ging auf die Türe zu. Muntwyler kam mir entgegen.

»Das hätte man bis Langnau gehört«, meinte er.

Wir verstauten das Dynamit im Gepäckraum seines Opels.

Nachdem wir den VW nach weiteren Bomben abgesucht hatten, bat ich Hans, den Motor anzulassen. Schon beim ersten Geräusch eilte ein Fünklein der Zündschnur entlang und erlöschte dort, wo ich sie gekappt hatte. Ich bat Hans, einige Meter nach vorn zu fahren. Am Boden unter dem Wagen war nur ein wenig Asche zu sehen.

Tagebuch, 23. November 1986

Las heute morgen nach der Messe die Texte 1–10 des Berichts über Eduard Lötschers Verschwinden nochmals durch. Der Anfang ist doch sehr langweilig, besonders die Exkursionen nach Stuttgart und Ascona. Onkel Max ist bekanntlich ein leidenschaftlicher Eisenbahnfahrer; mir scheint, er benützte seine Fälle vor allem dazu, auf Kosten seiner Klienten auf den Netzen der SBB und der DB herumzugondeln. Wer fährt schon persönlich nach Stuttgart, wenn auch ein Telefonanruf genügte? Und wer fährt denn schon von Langnau über Ramsei – Sumiswald – Huttwil nach Luzern?

Dass Eduard Lötscher in der Jauchegrube des Präsi stecken muss, war mir von dem Moment an klar, als man die Leiche in der entsprechenden Grube auf der »Schwand« vergeblich suchte. Ich will nicht behaupten, dass die Geschichte im übrigen besonders langweilig sei – ich habe bei ähnlicher Lektüre schon herzhafter gegähnt. Ich muss gestehen, ich freue mich auf den Moment, wo Onkel Max den falschen Johannes verhaften wird, der natürlich niemand anders als der gesuchte Solothurner Verbrecher ist, auf den die beschränkten Stündeler hereingefallen sind.

Besuchte Onkel Max um vier Uhr im Jakobsheim. Er gab mir Teil 11 und versprach, den ersten Teil der Memoiren baldigst abzuschliessen.

Der Fall Lötscher, 11. Teil

Als wir um elf Uhr auf der »Schwand« eintrafen, war die Küche beleuchtet, und ein Jeep stand vor der Laube.

»Die Leute aus Emmenrüti«, sagte Hans; »die möchte ich nicht treffen – ich gehe hinten ins Haus.«

Er verschwand um die Hausecke, während ich die Stufen zur Laube hinaufstolperte und die Tür zur Küche aufschob.

Frau Lötscher sass an ihrem Platz am Tisch; sie hatte offensichtlich geweint. Ihr gegenüber sassen ein älterer Bauer und eine ältliche, unförmige Frau. Auf dem Tisch standen Reste von kaltem Fleisch, Brot, Butter und Käse, leere Gläser und Kaffeetassen.

Auf meinen freundlichen Gruss nickte Emmenegger unwillig; die Alte reagierte überhaupt nicht. Frau Lötscher machte einen schwachen Versuch, ein Lächeln aufzusetzen.

Ich hatte heute zwei Anschläge auf mein Leben überstanden. Mit diesen Knorzern würde ich es auch noch aufnehmen können. Ich zog Eduards Lehnstuhl hervor und setzte mich oben an den Tisch.

»Unfreundliche Leute, ihr Johanniter!« stellte ich fest.

Frau Lötscher seufzte:

»Sie meinen halt, der Teufel habe den Edy geholt, und ich solle den Präsi heiraten.«

»Ihr seid wohl nicht bei Trost!« rief ich aus und blickte die beiden Alten an, indem ich mir mit dem Zeigefinger an die Stirn tippte.

Einen Augenblick schien es, als ob Emmenegger auffahren wolle, aber er blieb sitzen und starrte weiter vor sich hin.

Frau Lötscher erklärte:

»Der Präsi hat sie gestern besucht. Johannes sei dagewesen und habe gesagt, der Edy sei zur Hölle gefahren, weil er sein Versprechen gebrochen habe und kein Johanniter geworden sei. Ich sei mitschuldig und müsse Busse tun.«

»Und die Busse besteht darin, den Präsi zu heiraten?«

»Das ist eine Gnade!« fauchte Frau Emmenegger, die in die Höhe fuhr wie eine Katze, der man auf den Schwanz tritt.

»Und solchen Unsinn nehmen Sie ernst?« wandte ich mich an Frau Lötscher.

»Was bleibt mir anders übrig? Edy kommt nicht mehr. Daniel ist tot. Hans und Elsi kann ich nicht behalten. Was soll ich denn tun?«

»Bevor die Leiche Ihres Mannes gefunden wird, wird kein Totenschein ausgestellt. Bleibt Lötscher länger als fünf Jahre verschwunden, können Sie versuchen, einen solchen Schein zu erhalten. Vorher kommt eine Wiederverehelichung nicht in Frage.«

Jetzt erwachte der Alte und blickte mir trotzig ins Gesicht:

»Johannes hat gesagt, er will den Präsi und die Judith selbst zusammengeben – das leimt noch besser als der Staat!«

»Tut er es, kommt er ins Loch.«

»Der Johannes? Den kann keine Wand und kein Gitter halten.«

»Dann sollte er zum Zirkus!« meinte ich.

»Sie dürfen nicht so reden«, sagte Frau Lötscher, »er ist immerhin ein Apostel!«

»Wie sieht dieser Apostel denn aus?« fragte ich.

»Gross, edel«, sagte Frau Lötscher und blickte ihre Mutter fragend an.

Diese nickte:

»Das Alter sieht man ihm nicht an.«

»Ist er jetzt beim Präsi?«

»Er ist noch gestern bei ihm gewesen, aber wo er heute oder morgen ist – wer weiss es?« sagte der Alte.

»Wenn er den Präsi und die Judith verkuppeln will, wird er wohl oder übel bleiben müssen«, meinte ich.

Es klopfte. Elsi stand im Rahmen der Tür zum Treppenhaus und winkte mich zu sich.

»Haben Sie den Hans nicht mitgebracht?« flüsterte sie.

»Verdammt – der neue Hund!«

Ich eilte durch die Küche auf die Laube und an der Hauswand entlang, Elsi hinter mir her. Da lag Hans – unter den Vorderpfoten des Bernhardiners.

»Weck den Martin!« sagte ich zu Elsi.

Erst als Martin erschien, bequemte sich Alex dazu, seine Pfoten anderswohin zu stellen.

Martin band den Hund an die Kette – in der Hoffnung, dass er in Zukunft bellen werde.

Eine halbe Stunde später begaben sich Elsi, Hans und Martin nach oben; auch die Emmeneggers machten sich davon – Frau Lötscher hatte sie im Stöckli einquartiert. Ich blieb sitzen und sah zu, wie Frau Lötscher aufräumte und das Geschirr in den Ausguss stellte.

»Glauben Sie wirklich an diesen Johannes?« fragte ich.

Frau Lötscher zuckte die Schultern:

»Ich bin in dem Glauben aufgewachsen. Edy ist tolerant gewesen; er hat mich und Daniel machen lassen. Erst nach Monaten habe ich gemerkt, dass Edy heimlich über uns lacht. Dabei ist er ein besserer Mensch gewesen als wir alle – gut zu den Menschen und den Tieren. Er sei ein Heide, hat man gesagt, weil er nicht in die Kirche geht. Aber er hat jeden Sonntag eine Stunde in der Bibel gelesen. Nach und nach bin ich selbst anders geworden. In letzter Zeit habe ich einen Bogen um die Versammlungen gemacht. Ich kann die Hetzreden gegen die Nicht-Johanniter nicht mehr ertragen. Die Johanniter leben im Hass gegen das Böse, und das Böse ist alles das, was nicht so denkt und ist wie sie. Edy ist anders gewesen: Er hat nicht gehasst, er ist höchstens einmal wütend geworden.«

Eine Weile herrschte Schweigen, dann fragte Frau Lötscher:

»An was kann man noch glauben?«

»An die Gerechtigkeit im nächsten Leben; hier müssen wir sie uns selbst verschaffen.«

Ich erzählte ihr von der Bombe im VW, erwähnte aber nicht, wen ich im Verdacht hatte.

»Wann hört das alles endlich auf?« fragte sie.

»Morgen!« sagte ich.

Tagebuch, 30. November 1986

Traf Onkel Max nach der Kirche; wir tranken Kaffee im Hotel Union. Er gab mir Teil 12 und den ersten Teil der Memoiren. Er habe sie sich abringen müssen; die Erinnerungen hätten ihn fürchterlich aufgeregt. In Zukunft werde er nichts mehr über seine Eltern und seine Jugend schreiben. Ich hätte ihn gern dazu ermutigt, überhaupt nichts mehr zu schreiben.

Der Fall Lötscher, 12. Teil

Am Samstag morgen nieselte es. Ich sass auf der Laube und wartete auf einen Anruf von Muntwyler. Die »Schwand« lag inmitten von Wolken, die von Westen her aufs Haus zutrieben und sich übers Tal hin verloren. Man sah oft keine hundert Meter weit.

Hinter mir in der Küche klapperte Elsi mit dem Geschirr. Hans war mit der Milch zur Käserei gefahren. Martin beschäftigte sich im Stall, und der Bernhardiner leistete ihm Gesellschaft. Aus den Fenstern der guten Stube drangen die Stimmen von Frau Lötscher und ihren Eltern.

Ich steckte meinen zweiten Stumpen in Brand, als mich Elsi ans Telefon rief. Es war Muntwyler.

»Ich rufe aus dem ›Fröschengraben‹ an. Einer hat eine Bombe in den weissen Mercedes gelegt – ein Toter, aber nicht der Präsi. Kommen Sie doch gleich vorbei!«

»Wer hat Sie benachrichtigt – der Präsi?«

»Ein Nachbar.«

»Etwas von Käthi Lenz gehört?«

»Noch nicht.«

»Ich komme, so schnell ich kann.«

Ich klopfte an die Tür zur guten Stube und trat ein:

»Im Auto des Präsi ist eine Bombe explodiert – einer ist tot; vielleicht ist es Johannes.«

»Johannes kann nicht sterben«, sagte Emmenegger.

»Darf ich Sie bitten, auf dem Weg nach Emmenrüti im ›Fröschengraben‹ haltzumachen und nachzusehen, ob Sie den Toten kennen?«

Die alten Leute blickten sich an.

»Wenn es unbedingt sein muss«, knurrte der Alte und stand auf.

Ich eilte in den Stall hinüber und fragte Martin, der gerade am Ausmisten war, ob Alex Spuren aufnehmen könne.

»Kann er«, meinte Martin.

»Dann lassen Sie den Mist liegen und kommen Sie mit!«

Wir hatten Mühe, den Hund auf den Hintersitz des VW zu

stopfen. Als wir losfuhren, traten eben die Emmeneggers auf die Laube.

Unterwegs mussten wir einem Traktor ausweichen, und vor der Ey fuhren wir eine Viertelstunde lang hinter einer Kuhherde her. Emmeneggers Jeep hatte uns eingeholt.

Es war nach neun, als wir vor dem »Fröschengraben« hielten. Muntwylers Opel stand zwischen einem Laborwagen und einer Ambulanz.

Der Mercedes war ein Wrack – die Motorhaube war weggeflogen, die Windschutzscheibe verschwunden, das Dach verbogen. In weitem Umkreis lagen Fragmente des Motors umher. Die erste polizeiliche Bestandsaufnahme schien vorüber zu sein.

Muntwyler schüttelte mir die Hand. Die Leiche sei bereits in der Ambulanz: die Beine wie weggeblasen, das Gesicht zerschnitten, aber noch erkennbar. Der Stationsbeamte sei hier gewesen und habe ausgesagt, der Tote gleiche dem Mann, der gestern das Dynamit in den VW praktiziert hatte. Dass es derselbe sei, könne er nicht beschwören. Der Präsi, der Knecht und die Magd behaupteten steif und fest, dass sie den Toten noch nie gesehen hätten.

Ich teilte Muntwyler mit, dass ich im Toten den Johannes vermute und dass die Emmeneggers ihn identifizieren könnten. Die beiden Alten wurden in der Küche gefunden, wo sie sich mit dem Präsi unterhielten; sie wurden zur Ambulanz geführt.

»Das ist nicht der Johannes«, knurrte der Alte.

»Und was meinen Sie?« fragte ich Frau Emmenegger.

»Er ist es nicht.«

Solche Bauern lügen einem sonst nicht gern ins Gesicht – aber sie hatten mit dem Präsi gesprochen. Mir kam eine Idee:

»Johannes kann in verschiedenen Gestalten auftreten, nicht wahr? Dieser Mann hier ist tot, er kann also nicht Johannes sein, denn Johannes kann nicht sterben. Johannes hat eine andere Gestalt angenommen, und die Leiche da ist nicht mehr Johannes.«

Muntwyler blickte mich an, als traute er seinen Ohren nicht; die beiden Alten blieben stumm. Ich fuhr fort:

»Sie haben doch früher persönlich mit Johannes gesprochen. Ist er damals nicht in Gestalt dieses Toten vor Ihnen gestanden?«

Die Emmeneggers blickten zu Boden und schwiegen.

»Hat Ihnen der Präsi befohlen, den Mund zu halten?«

Keine Reaktion. Ich rief Martin herbei und gab ihm die Schlüssel zum VW:

»Fahren Sie zur ›Schwand‹ und bringen Sie Frau Lötscher herbei. Sie hat den Johannes auch gesehen und kann den Toten identifizieren.«

Da sagte Emmenegger zu seiner Frau:

»Es hat keinen Sinn. Die Judith hat ihn gesehen, und die andern Johanniter kennen ihn auch.«

Dann wandte er sich an Muntwyler:

»Es ist wahr – Johannes hat einige Jahre lang in dieser Gestalt gelebt; jetzt hat er eine andere angenommen.«

Muntwyler führte die Emmeneggers ins Haus zurück, wo sie ihre Aussage zu Protokoll geben mussten. Unterdessen wanderte ich um den Hof herum und machte mich mit der Lage der Gebäude und mit der Umgebung vertraut.

Als Muntwyler zurückkam, sagte er:

»In der Stube verhört man jetzt den Präsi, den Knecht und die Magd. Ich glaube nicht, dass man es Ihnen erlauben würde, anwesend zu sein.«

»Wohl nicht, aber Sie darf man nicht abweisen.«

»Gut, ich erzähle Ihnen nachher, was herausgekommen ist. Passen Sie ein bisschen auf die Autos auf; wer zwei Bomben legt, hat auch noch eine dritte auf Lager.«

Während Muntwyler im Haus verschwand, suchte und fand ich Martin und bat ihn, mir auch hier beim Durchstochern der Jauchegrube zu helfen.

Wir fanden die Grube hinter dem Stall. Sie war in Beton gefasst und mit schweren Bohlen belegt. Zuerst entfernten wir die Bretter über den Bohlen. Im Stall entdeckten wir zwei langstielige Rechen, die dazu dienten, Heu von der Tenne hinunterzuwerfen.

Der Gegenstand in der Grube, an dem sich mein Rechen zuerst festhakte, war etwa zwei Meter lang, dreissig Zentimeter hoch und vierzig Zentimeter breit – er besass die richtigen Dimensionen für eine menschliche Leiche. Heben liess sie sich nicht; man hatte sie jedenfalls mit Steinen beschwert. Die Jauche war fast zwei Meter tief; ich liess Martin bei der Grube zurück, um andere am Hineinfallen zu hindern.

Der Polizist an der Tür holte Muntwyler heraus und dieser darauf den Kriminalbeamten, der die Untersuchung leitete. Beide bestanden darauf, sich selbst mit dem Rechen vom Vorhandensein des verdächtigen Objekts zu überzeugen.

Martin meinte, man könne die Grube auspumpen: zuerst die Jauchewagen füllen, dann den Rest in Richtung Misthaufen auslaufen lassen. Der Kriminalbeamte war der Ansicht, dass ein Bagger den Leichnam samt angehängten Gewichten am bequemsten heben würde, aber Muntwyler gab zu bedenken, dass die Leiche am Zerfallen sein könnte. Schliesslich wurden zwei weitere Rechen herbeigeschafft, aber es gelang uns nicht, den länglichen Gegenstand an den Rand der Grube zu ziehen, denn andere – anscheinend kleinere – Gegenstände stellten sich in den Weg. Um schwere Steine konnte es sich nicht handeln, solche hätten sich nicht so leicht herumschieben lassen.

Nach geduldigen Versuchen gelang es mir, ein etwa meterlanges, astartiges Gebilde an die Oberfläche zu ziehen, wo es Martin – auf dem Bauch liegend – erhaschte. Kein Zweifel, es war ein Teil eines menschlichen Skeletts – die Wirbelsäule mit einigen Rippen. Während Martin auf der Wiese nebenan sein Frühstück erbrach, fischte ich nach dem dazugehörigen Schädel, förderte aber eine zweite Wirbelsäule – diesmal mit Becken – zu Tage.

Unsere Tätigkeit an der Jauchegrube war nicht unbeachtet geblieben. Alle Polizisten waren herbeigekommen und hatten fasziniert zugesehen – so wie man einem Fischer zusieht, der einen noch unsichtbaren Fisch an der Angel hat. Nach dem zweiten Fang stellte ich die Arbeit ein. Man beschloss, die Jauche auszupumpen – zuerst in die hinter dem Stall stehenden Jauchewagen, dann auf die Wiese hinter dem Haus. Dass die Brühe von dort in den Bach und in die Emme geraten könnte, kümmerte niemand.

Wir sagten uns, dass es gewiss eine Stunde dauern werde, bis Martin die Rohre gelegt, die Pumpe angeschlossen, die Jauchewagen verschoben hatte, und der Kriminalbeamte, die Polizisten und Muntwyler begaben sich ins Haus zurück; niemand widersetzte sich, als ich mich anschloss. In der Stube sassen der Knecht und die Magd – zur Fortsetzung des Verhörs bereit.

Auf die Frage, wo der Präsi sei, hiess es, das Telefon habe

geklingelt; er habe den Hörer abgenommen und eine Weile am Apparat gesprochen. Das Telefon hing an der Wand neben der Küchentür, aber der Präsi war nicht zu sehen.

»Wenn er geflohen ist, umso besser; dann haben wir wenigstens ein Indiz«, meinte Muntwyler. »Für den Tod von Daniel hat er ein Alibi, ebenso für die Schüsse auf Max Frei. Die gestrige Bombe im VW fällt auf den heutigen Toten, und was die bisher gefundenen Skelette betrifft, so sind sie zu alt für den Lötscher.«

Ich blickte auf die Uhr und sagte:

»Vielleicht hat man Sie angerufen? Fragen Sie doch in Langnau nach!«

Muntwyler zögerte nicht lange. Obwohl ich nur seine Seite des Gesprächs vernahm, wurde mir schnell klar, was geschehen war. Käthi Lenz hatte nach Langnau telefoniert und ausrichten lassen, der Mann beim Kiosk habe der Photographie des Präsi aufs Haar geglichen. Der Polizist vom Dienst hatte auftragsgemäss im »Fröschengraben« angerufen und – da Muntwyler nicht in der Nähe gewesen war – Käthis Botschaft ausrichten lassen. Die Identifikation seiner eigenen Person und das gleichzeitige Auffinden von Skeletten in der Jauchegrube waren dem Präsi in die Beine gefahren. Die Alibis allein boten nicht mehr Sicherheit genug; er hatte Reissaus genommen.

Abgesehen vom Mercedes besass der Präsi kein Auto; ein Fahrrad schien nicht abhanden gekommen zu sein. Der Präsi war zu Fuss geflohen. Wahrscheinlich hatte er sich bewaffnet, und bestimmt hatte er Geld mitgenommen; ich dachte an die 15 000 Franken der Lötschers.

Wohin war er geflohen? Hatte er den Weg in die bewaldeten Berge des Napf genommen, so hatte er die Hauptstrasse und die Bahnlinie überquert. Johanniter in einsamen Höfen würden ihn aufnehmen und verbergen. Er konnte auch in Richtung Schärlig und Marbach entkommen sein und über Habkern an den Thunersee und nach Bern gelangen. Vielleicht kannte er eine Möglichkeit, dort unterzutauchen oder ins Ausland zu verschwinden.

Während ein Polizist das Signalement des Präsi an die Zentrale durchgab, liess ich mir von der Magd das Zimmer ihres Meisters zeigen und zog dessen Nachthemd unter dem Federbett hervor. Ich suchte und fand Alex, der an der Aussenwand der Waschküche schlief – dort, wo von der Jauchegrube her nichts zu riechen war. Der Hund wedelte freundlich, weigerte sich aber, mich zu begleiten, so dass ich Martin bei seiner Arbeit unterbrechen musste.

Ich sagte mir, dass der Präsi das Haus durch den hinteren Eingang verlassen hatte. Er war zuerst links über die Wiese gelaufen – nur so befand sich das Haus zwischen ihm selbst und der Jauchegrube. Im Wald angelangt, war er entweder nach links, zur Hauptstrasse und in Richtung Napf, oder nach rechts, in Richtung Schärlig, abgebogen.

Martin und ich führten Alex zum Waldrand und liessen ihn das Nachthemd beschnuppern. Dann schritten wir dem Waldrand entlang. Irgendwo hier musste der Präsi vorbeigekommen sein, und an der betreffenden Stelle musste Alex die Spur aufnehmen. Er fand sie auch wirklich bald und eilte auf die Hintertüre des Hauses zu. Sepp hatte Mühe, das grosse Tier in die entgegengesetzte Richtung zu lenken. Jetzt schnüffelte sich der Hund ein Stück weit in den Wald hinein – soweit, bis man den Hof nicht mehr erblicken konnte; dann bog er nach rechts ab und führte uns auf die unteren Hügel des Schärlig zu.

»Wir können den Präsi nicht einholen«, sagte ich zu Martin, »er hat eine halbe Stunde Vorsprung; aber falls er der ›Schwand‹ einen Besuch abstatten will, können wir ihm zuvorkommen.«

Wir eilten in den »Fröschengraben« zurück und erklärten Muntwyler, in welcher Richtung der Präsi geflohen war.

»Gut, dass Sie auf die ›Schwand‹ fahren«, meinte er, »jemand muss Frau Lötscher bewachen. Seien Sie vorsichtig! Ich wette, der Präsi trägt ein Schiesseisen auf sich.«

Ich bat Muntwyler, den Knecht des Präsi an die Pumpe zu stellen; ich wollte Alex mitnehmen, und dieser hörte ja nur auf Martin. Der Knecht war sichtlich froh, die Stube verlassen zu können; dem Polizisten am Eingang wurde eingeschärft, ihn nicht aus den Augen zu lassen.

Der Hund schien gelernt zu haben, wie er sich zusammenfalten musste, um auf dem Hintersitz Platz zu finden; wir verloren wenig Zeit beim Einsteigen.

Auf der Fahrt überdachte ich die vergangenen Tage. Was war in dieser kurzen Zeit nicht alles geschehen! Daniel war tot. Hans war geflohen, gefangen und wieder freigelassen worden;

zwei Anschläge auf mein Leben, Tod des Johannes, Flucht des Präsi. Ich dachte an die erste Fahrt nach Langnau, an die Reise nach Stuttgart, an den Abend im Zeltlager von Ascona.

Der Präsi ging mich eigentlich nichts an. Die Polizei würde ihn schon zur Strecke bringen, und die 15 000 Franken würden auf ihm oder im »Fröschengraben« gefunden werden. Wenn ich vierhundert davon einsteckte, dazu zweihundert für Unkosten, so brauchte ich kein schlechtes Gewissen zu haben.

Kurz nach elf hielten wir vor der »Schwand«. Ich brauchte nichts über das Schicksal des Johannes und das Auffinden der Skelette zu berichten – Frau Lötschers Eltern hatten angerufen. Hans und Martin waren erfreut, als ich sie bat, ihre Karabiner und den Hund mitzunehmen und sich am Hang drüben so zu verstecken, dass sie jeden, der sich ans Haus heranschlich, erblicken mussten. War der Präsi wirklich nach hier unterwegs, konnte er in einer halben Stunde da sein.

War er unbewaffnet, würde Martin den Hund auf ihn hetzen. War er bewaffnet, dann sollte Hans ihn anrufen und – im Falle eines bewaffneten Widerstands – Schüsse in die Beine abgeben. Ich fuhr den Volkswagen in den Schuppen, so dass der Präsi nicht erkennen konnte, dass andere vor ihm auf der »Schwand« eingetroffen waren. Dann begab ich mich in die Küche und setzte mich an den Tisch.

Frau Lötscher schickte Elsi in den oberen Stock – sie solle überall die Fenster schliessen. Als wir allein waren, begann Frau Lötscher zu weinen. Sie war überzeugt, dass der Präsi ihren Mann in der Jauchegrube ertränkt hatte. Ich konnte ihr nicht widersprechen und meinte tröstend:

»Wir werden geboren, und von diesem Datum an sterben wir alle – die einen langsam, die andern schneller. Eduard Lötscher hat ein gutes Leben gehabt; er hat ein glückliches Jahr mit Ihnen verbracht. Er ist schnell gestorben, ohne Leiden: ein Schuss oder ein Messer in den Rücken – er hat kaum etwas gespürt.«

Natürlich hatte ich keine Ahnung, wie Lötscher ermordet worden war; vielleicht hatte man ihn gefesselt und in der Jauche ertrinken lassen. Erst die Autopsie würde die Sache ans Licht bringen. Ich fuhr fort:

»Wir beide zum Beispiel sind noch immer am Sterben; wie viele Jahre wird es noch weitergehen? Bei Ihnen vielleicht dreissig, bei mir zwanzig. Und was dann? Ein Herzinfarkt, ein Unfall, Krebs. Zuletzt liegen die Menschen in den weissen Zimmern, an Apparate angeschlossen, und sie wissen: Hier kommen wir nie mehr heraus. Nie mehr werden sie ihr Haus oder ihre Wohnung erblicken, durchs Dorf oder die Stadt schlendern, nie mehr mit dem Auto oder dem Zug ins Tessin fahren. Eduard Lötscher ist um diese Misere herumgekommen, wir sollten ihn beneiden. Aber ich weiss: Für Sie ist es schwer, Sie haben ihn geliebt. Aber gönnen Sie es ihm trotzdem, dass er alle Leiden überstanden hat.«

Frau Lötscher weinte immer noch vor sich hin, aber ich spürte, dass ihr mein Gerede gut tat. Pfarrer Frei, der Tröster; ölige Salbe tropfte ihm von den Lippen. Dabei hätte ich die traurige, hübsche Frau am liebsten in die Arme geschlossen (gekürzt – Hg.).

Elsi war zurückgekehrt und stellte eben eine Kachel Kaffee vor mich hin, als kurz hintereinander drei Schüsse fielen. Die Tür zur Laube flog auf, und der Präsi stürmte in die Küche. Den noch rauchenden Karabiner richtete er auf mich. Er muss den Hund erschossen haben, dachte ich, während ich ihm die Kachel mit der heissen Brühe ins Gesicht warf und mich vom Stuhl unter den Tisch gleiten liess. Der Schuss ging los, aber ich wurde nicht getroffen.

Als ich nach dem Knall blitzschnell emporspringen wollte, kam mein Schienbein mit einem Tischbein in Konflikt, und ich hätte viel darum gegeben, wenn ich schimpfend und fluchend auf dem andern Bein in der Küche hätte herumhüpfen dürfen. Aber ich beherrschte mich und beobachtete mit Genuss, wie Elsi dem Präsi eine Pfanne über den Kopf stülpte, während Frau Lötscher ihn an der Gurgel packte. Der Karabiner fiel zu Boden, von wo ich ihn unter Zuhilfenahme des Taschentuchs aufhob. Ich legte ihn auf die Kühltruhe.

Als ich mich umdrehte, hatte sich der Schmerz in meinem Bein etwas gelegt. Hans und Martin standen unter der Tür, die Karabiner in der Hand.

»Wo können wir den Kerl versorgen?« fragte ich Frau Lötscher.

»Am besten in der Räucherkammer«, meinte sie und zeigte mit dem Fuss auf eine schmale Tür neben dem Holzherd, hinter der ich Gestelle mit Geschirr vermutet hätte. Das dunkle Verlies war leer – auch auf der »Schwand« schien man heute das Räuchern andern zu überlassen.

Der halbbetäubte Präsi wehrte sich nicht, als ich ihm die Brieftasche und den Schlüsselbund aus der Tasche zog und ihn in die kleine Kammer stiess. Eiserne Haken hingen an der Dekke, aber Stricke und Schnüre waren nicht zu sehen. Der Präsi trug keinen Gürtel, sondern schmale Hosenträger, die sein Gewicht nie aushalten würden. An den Füssen hatte er Sandalen.

Die Räucherkammer liess sich mit einem Querholz verschliessen; warf sich der Präsi von innen gegen die Tür, würde der Riegel früher oder später brechen. Deshalb zwängten wir zusätzlich einen eisernen Feuerhaken in die Ösen und befahlen Alex, der sich auf der Laube niedergelegt hatte, seinen Schlafplatz ins Innere zu verlegen.

Der Präsi bewegte sich eine Weile nicht, dann schien er sich auf den Boden zu setzen; zum Liegen war der Raum zu klein.

Ich bat Frau Lötscher um ein Heftpflaster und klebte es über die blutenden Schürfungen am Schienbein. Darauf öffnete ich die Brieftasche des Präsi und zählte das Geld: einige Hunderter- und Fünfhunderternoten, dazu fünfzehn Tausenderscheine. Die letzteren gab ich Frau Lötscher:

»Nehmen Sie das Geld gleich jetzt, sonst zieht man Ihnen später Stempelgebühren ab.«

Mir fiel ein, dass ich die Gefangennahme des Präsi melden musste. Ich rief im »Fröschengraben« an. Ja, Muntwyler sei in der Nähe – einen Augenblick. Bevor ich ein Wort anbringen konnte, erzählte er mir aufgeregt, dass die Jauchegrube des Präsi einem Beinhaus gleiche; mehr als ein halbes Dutzend Skelette seien zum Vorschein gekommen – wie alt sie seien, sei schwer abzuschätzen. Ein einziger Leichnam sei noch verhältnismässig frisch und an einem Stück – er sei in ein Segeltuch eingewickelt gewesen. Es handle sich um einen Bankprokuristen, der vor einem Monat in Zürich verschwunden sei. Lötscher befinde sich anscheinend nicht in der Grube, es sei denn, die Säuren hätten ihn bereits auf die Knochen reduziert. Man habe den Laborwagen aus Luzern zurückbeordert und werde die Gebisse in den sieben Schädeln untersuchen, die man bisher gefunden habe.

Endlich gelang es mir, die Rede auf den Präsi zu bringen, und Muntwyler versprach, diesen unverzüglich abholen zu lassen.

Dass man Lötschers Leiche noch nicht gefunden hatte, beunruhigte mich. Die Gase und Säuren in der Jauchegrube mochten zwar eine stark auflösende Wirkung entfalten, aber länger als der Bankprokurist konnte sich Lötscher gar nicht in der Grube befunden haben. Sicher hätte man den Leichnam ebenfalls in ein Tuch gewickelt und mit Steinen beschwert; einige Monate später hätten sich das Tuch und die Schnüre aufgelöst und hätten es dem Skelett ermöglicht, in mehrere Teile zu zerfallen.

Wo war Lötschers Leichnam? Irgendwo in meinem Unbewussten schien sich eine Idee herausschälen zu wollen, aber etwas in mir sperrte sich gegen ihr Eindringen ins Bewusste.

Frau Lötscher bestand darauf, dass es Mittagszeit sei und wir wenigstens einen Teller Suppe zu uns nehmen müssten. Gegen drei Uhr tauchten ein schwarzer Überfallwagen der Luzerner Kantonspolizei und Muntwylers Opel auf und hielten vor der »Schwand«. Der Präsi wurde befreit; er schwor, er werde sich über seine Einkerkerung in der Räucherkammer vor Gericht beschweren, aber niemand hörte ihm zu. Zwei Polizisten stiessen ihn in den Wagen und entführten ihn talwärts.

Ich kam mit Frau Lötscher überein, die Suche nach ihrem Mann vorderhand einzustellen, da die Polizei in den nächsten Tagen die Gebiete zwischen Marbach, Langnau und dem Napf gründlich absuchen wollte. Wenn die Leiche wider Erwarten nicht gefunden werden sollte, würden wir uns weitere Schritte überlegen.

Ich packte meine sieben Sachen und verabschiedete mich von den Bewohnern der »Schwand«. Ich hätte mit dem Präsi und den Polizisten nach Luzern fahren können, aber ich hatte keine Lust dazu. Mit dem Präsi hatte ich seit meiner Ankunft in Wiggen kein Wort gewechselt, und ich wollte es dabei bewenden lassen.

Kurz vor drei setzte mich Muntwyler am Bahnhof Langnau ab; seine Alte sei am Packen, und darum könne er mich nicht nach Hause einladen. Ich kehrte diesmal im »Bären« ein.

Es war warm geworden, aber es nieselte noch immer. Am Nachbartisch sassen zwei Amerikaner; auf den Seitentaschen ihrer Rucksäcke leuchteten Wimpel mit den Stars and Stripes. Der Bursche trank ein Bier, das Mädchen kämpfte mit den Fliegen, die an der Coca-Cola-Flasche hinauf- und hinunterkrochen. Als die Kellnerin den beiden eine Berner Platte brachte – Sauerkraut, Kartoffeln, Würste, Speck, Schinken –, kroch die vordem vage Idee unwiderstehlich aus dem Unbewussten ins Bewusstsein hinauf. Ich konnte es vor mir selbst nicht länger verbergen – ich wusste, wo Eduard Lötscher sich befand!

Ich warf einen Zweifränkler auf den Tisch, eilte zum Bahnhof und weckte den Taxichauffeur, der am Steuerrad seines Fiat 1400 schlummerte. Ich hätte Muntwyler bestimmt zuhause erreicht, und gewiss wäre er unverzüglich mit seinem Opel losgefahren, aber ich wollte keine Sekunde verlieren. In Trubschachen warteten wir zwei Minuten vor der Bahnschranke. Es war genau vier Uhr, als der Wagen vor dem »Fröschengraben« hielt. Die Luft roch bestialisch. Abgesehen von drei gefüllten Jauchewagen war kein Fahrzeug zu erblicken. Die Polizisten waren mit den Skeletten verschwunden, der Knecht und die Magd sassen wahrscheinlich in Untersuchungshaft.

Die Jauchegrube war abgedeckt und praktisch leer; fast überall schimmerte der Betonboden durch.

Die Haustür war verschlossen; den hinteren Eingang hatte man anscheinend von innen verriegelt.

Wer würde die Kühe melken, die Schweine füttern? Die Nachbarn? Johanniter?

Mit einem Faustschlag sprengte ich ein kleines Fenster auf und kletterte in eine Kammer – die Wäschekammer; nachdem ich den Riegel der Hintertür aufgeschoben hatte, trat der wohlbeleibte Taxifahrer ein, dem ich unterwegs meinen Verdacht mitgeteilt hatte. Die Räucherkammer musste sich in der Küche und in der Nähe des Kamins befinden. Erst als wir einen Holzschrank zur Seite geschoben hatten, erblickten wir die Tür. Das Schloss liess sich öffnen, indem ich einen drei Zentimeter dikken Bolzen zur Seite hämmerte. Ich riss die Türe auf, und da sass Lötscher – nackt, die Beine hochgezogen, mit Schnüren um die Arme, die Füsse und die Knie. Vor den Mund hatte man ihm ein Tuch gebunden; Augen und Nase waren frei.

Dass er seit längerer Zeit allein gewesen war, erkannte ich am Kot, in dem er sass. Aber er lebte, die Augen bewegten sich. Ich packte ihn an den Schultern und zog ihn in die Küche heraus. Der Taxifahrer fand ein Messer im Ausguss und zersägte die Schnüre. Einige hatten Lötscher tief ins Fleisch geschnitten, und es dauerte lange, bis er Arme und Beine langsam und ruckweise bewegen konnte. Ich erriet, was er mir mit den Augen sagen wollte, und zog zwei Taschentücher aus seinem Mund. Es sprach für den Mann, dass er bei allem nicht einmal stöhnte; mit gurgelnder Stimme bat er um Wasser. Eine Viertelstunde später war er soweit, dass wir ihn waschen und in Leintücher wickeln konnten. Er weigerte sich, in ein Bett gelegt zu werden, und liess sich sitzend auf die Bank oben am Tisch schieben.

Ich überliess den Wiedergefundenen dem Taxifahrer und rief zuerst Frau Lötscher an; ich steuerte langsam auf die gute Nachricht zu, aber als sie diese begriffen hatte, schrie sie auf und liess den Hörer fallen. Ich nahm an, dass sie unverzüglich mit Hans oder Martin am Steuer aufbrechen würde, und telefonierte einmal mehr mit Muntwyler. Er versprach, die Polizei in Luzern zu verständigen und dann selbst im »Fröschengraben« vorbeizukommen.

Frau Lötscher und Muntwyler trafen gleichzeitig ein. Sie stürzte auf ihren Mann zu, sank auf die Knie, legte ihren schönen Kopf in seinen Schoss und schluchzte mitleiderregend. Wer wäre da nicht gerührt gewesen? Und doch ärgerte ich mich über die Amerikaner mit ihrem Räucherspeck. Aus war der Traum von Landwirt Max Frei-Lötscher auf der »Schwand«.

Später durchkämmten Frau Lötscher und ich das Haus nach den Kleidern ihres Mannes, fanden sie aber nicht. Wahrscheinlich hatte der Präsi sie verbrannt. Muntwyler wollte darauf bestehen, Eduard Lötscher zuerst ins Spital einzuliefern, aber den Argumenten Frau Lötschers war er nicht gewachsen. Sie wickelte ihren Mann in eine Decke und trug ihn – mit Hilfe von Martin – zum VW. Nachdem dieser auf der Strasse nach Wiggen verschwunden war, nahm Muntwyler mich zum letzten Mal nach Langnau mit. Der Taxifahrer hatte sich schon früher auf den Weg gemacht.

Diesmal nahm ich den Schnellzug um 17.53 und war 18.45 in Luzern.

Tagebuch 1. Dezember 1986

Das finde ich ein starkes Stück: *sieben* Leichen in *einem* Güllenloch (Jauchegrube)! Das ist gewiss übertrieben – auch wenn man die speziellen Verhältnisse im Emmental in Erwägung zieht. Da ist ja Dürrenmatts »Mitmacher« zahm im Vergleich! Aber das Schockierendste: Onkel Max wollte die sieben Leichen identifizieren und mit den Namen der prominentesten Oltner HWV-Administratoren und -Lehrer versehen! Er meinte, die Studenten würden sich freuen! Die Idee habe ich ihm ausgeredet. Ich hoffe, die Betroffenen sind mir dankbar und bestellen einige Titel aus meinem Verlag. Ich empfehle: »Wirtschaftskunde für Theologen«, »Einführung in die Betriebstheologie«, »Kamel und Nadelöhr: Arten des geistigen und materiellen Reichtums«, »Der Kapitalist als Christ«, »Die Devisen der Heiligen im 19. Jahrhundert«, »Kapulier und Kapital«, »Quo vadis, Vadian: St. Gallen und der Protestantismus«, »Von Calvin zum Rinderwahnsinn: Geschichte der Stadt Genf«, »Der Katechismus für Rentner und solche, die es werden wollen« u.a.

Ich freue mich, dass Eduard Lötscher überlebt hat, bin aber entsetzt über die Memoiren. Mein Grossonkel und meine Grosstante waren anständige Leute, besuchten jeden Sonntag die Kirche, gaben der Caritas und dem Roten Kreuz und wurden in Ehren begraben. Kinder, die wirklich physisch und psychisch vergewaltigt worden sind, werden nicht so alt wie Onkel Max. Er hat sich wohl wieder einmal alles aus den Fingern gesogen; keine Maus hätte unter das Sofa von Maxens Eltern kriechen können, geschweige denn ein fetter Zwerg wie Onkel Max.

Tagebuch, 20. Dezember 1986

Erhielt heute den abschliessenden Teil des Berichts. Onkel Max will am Nachmittag des 24. Dezember bei uns vorbeikommen. Ich will sehen, ob ich noch einen Ladenhüter finde, den ich als Weihnachtspräsent verpacken kann.

Der Fall Lötscher, 13. Teil

Am Sonntag, den 9. August 1964, sassen wir zu dritt im Speisesaal des Hotel »Schwanen« in Luzern. Es war ein sonniger, heisser Tag. Als Vorspeise hatten wir Milkenpastetli, als Hauptgang Voressen mit Nudeln und Spinat bestellt. Jetzt waren wir beim Dessert angelangt: Muntwyler hatte ein Meringue, seine Frau einen Mohrenkopf vor sich.

Frau Muntwyler war keineswegs eine »Alte«, sondern eine wohlproportionierte, lebhafte Schaffhauserin von vierzig Jahren mit schwarzen Haaren, langen Wimpern und dunklen Augen.

»Was ist eigentlich aus dem ›Fröschengraben‹ geworden?« fragte ich; »später dürfen wir ja nicht mehr darüber reden.«

»Es wäre eine lange Geschichte«, sagte Muntwyler und warf einen Blick auf die Uhr. »Wir haben nicht mehr viel Zeit, und ich will es kurz machen. Der Vater des Präsi ist Oberster der Johanniter gewesen – ein aufrechter Mann, der viel Gutes getan hat. Er hat zum Beispiel solche, die aus Zuchthäusern entlassen worden sind, bei sich aufgenommen und sie als Knechte und Mägde arbeiten lassen. Die meisten haben sich bewährt und nach einer Weile anderswo Stellen gefunden.

Der jetzige Präsi hat diesen Brauch fortgesetzt, und es scheint alles gut gegangen zu sein, bis vor einigen Jahren dieser Thomas Hitz auf den Hof gekommen ist. Hitz ist mehrmals vorbestraft gewesen – Totschlag, Bankraub; eine Weile hat er in Zürich eine Bande geführt. Zuletzt hat er einige Morde auf Bestellung erledigt; die Leichen hat er im ›Fröschengraben‹ verschwinden lassen und sich schliesslich auch selbst ins Emmental abgesetzt.

Hitz hat sich auf der Gemeindekanzlei nie gemeldet, und er ist der Polizei aus den Augen gekommen. Er hat schnell erkannt, wie er den Glauben der Johanniter ausnützen kann. Wie es ihm gelungen ist, den Präsi zu seinem Kumpan zu machen, lässt sich nur vermuten.

Hitz hat jahrelang in einer Kammer zuoberst unter dem Dach gewohnt. Ausser denen im ›Fröschengraben‹ hat niemand etwas von seiner Existenz gewusst. Er hat keinen Militärdienst geleistet und keine Steuern bezahlt. Er hat auftauchen und verschwinden können, ganz wie es ihm gepasst hat.

Hitz und der Präsi sind dicke Freunde geworden. Sie sind zum Essen nach Bern, zum Spielen nach Konstanz, zu Frauen nach Zürich gefahren. In Zürich haben sie alte Kumpel von Hitz aufgelesen; der Knecht und die Magd sind einst Mitglieder seiner Bande gewesen. Man hat ihnen einiges nachweisen können.

Auf dem Hof hat bald nur noch der Präsi etwas getan. Rentiert hat sich diese Art von Wirtschaft nicht. Zuerst hat man Hypotheken aufgenommen, dann Holz und Land verkauft. Von Zeit zu Zeit ist Hitz als Johannes aufgetreten. Das hat Geld abgeworfen – Geld, das der falsche Johannes angeblich für Missionen mitgenommen hat.

Als nächstes hat man den Solidaritätsfonds der Johanniter geschröpft; bei der Herbstversammlung wäre das ans Licht gekommen. Deshalb sind die 15 000 Franken von Lötscher so wichtig gewesen.

Der Präsi hätte sich wohl nicht so leicht an einem Mord beteiligt; solange seine erste Frau noch lebte, scheint er nur selten über die Schnur gehauen zu haben. Aber Judith Lötscher ist seine grosse Liebe geworden. Hitz hat ihm wohl Hoffnungen gemacht: Sei einmal Eduard Lötscher aus dem Weg, werde die Taube auf dem Dach zum Spatz in der Hand.

Der beschränkte Daniel ist der ideale Helfer gewesen. Er hat ohne weiteres geglaubt, dass Thomas Hitz der Johannes sei. Er hat geglaubt, dass der Teufel den Eduard Lötscher geholt hat, und er hat geglaubt, dass der Johannes die 15 000 Franken zum besten der Heiden verwenden wird. Kurz: Er hat das Geld gestohlen und Hitz gegeben.

Dass Eduard Lötscher klug genug sein würde, den Dieb zu identifizieren, davon ist man überzeugt gewesen. Lötscher hat gleichzeitig mit dem Geld verschwinden müssen. Hitz hat es geschickt geplant: Von Daniel hat man gewusst, dass Lötscher das Fussballspiel in Langnau besucht. An jenem Nachmittag hat Daniel die Truhe aufgebrochen.

Der Präsi hat Lötscher am Bahnhof Langnau getroffen und ihm angeboten, ihn nach dem Spiel nach Hause zu fahren. Der ›Fröschengraben‹ liegt ja auf dem Weg zur ›Schwand‹.

Lötscher, der andernfalls erst Stunden später nach Marbach gekommen wäre, hat eingewilligt. Er hat dem Spiel beigewohnt, wobei er niemandem aufgefallen ist. Nachher ist er im Mercedes des Präsi nach Wiggen gefahren. Beim ›Fröschengraben‹ ist der Präsi abgebogen: man wolle noch ein Pflümli nehmen. In der Stube hat Hitz Lötscher von hinten gepackt; der Präsi hat ihn gefesselt und geknebelt. Gefüttert hat man ihn etwa alle zwei Tage; aus hygienischen Gründen hat man ihm nach der ersten Woche die Kleider abgeschnitten und diese wohl verbrannt. Gefroren hat Lötscher nie, aber oft furchtbaren Durst gelitten.

Dass man ihn nicht sofort getötet hat, ist wahrscheinlich dem Umstand zu verdanken, dass Hitz etwas in der Hand haben wollte, womit er – im Fall der Fälle – Judith Lötscher erpressen konnte. Hätte sie den Präsi genommen, wäre Lötscher sofort aus dem Weg geräumt worden, hätte sie sich geweigert, hätte man zuerst den letzten Rappen aus ihr herausgeholt. Im Anschluss daran hätte es geheissen: Entweder Sie beglücken jetzt den Präsi, oder Eduard stirbt.«

»Was es doch für Menschen gibt!« rief Frau Muntwyler, während sie sich die Nase puderte.

»Nun, es ist dann alles anders gekommen, als es der Präsi und der Hitz erwartet haben. Daniel hat berichtet, dass Frau Lötscher einen gewissen Max Frei in Luzern aufgesucht hat. Als Sie sich am 2. Juli telefonisch auf der ›Schwand‹ angemeldet haben, hat Daniel den Präsi sofort informiert. Dieser hat in Wiggen auf Sie gewartet; man hat wissen wollen, wie Sie aussehen, damit man nicht zufällig den Falschen abmurkst. Daniel hat man befohlen, den Hund zu vergiften, damit der ›Tüfi‹ Sie nachts geräuschlos aus dem Weg schaffen könne. Statt Ihrer hat Hitz vorerst den Daniel aus dem Weg geräumt. Man hat befürchtet, dass er in seiner Blödheit früher oder später alles verraten wird.

Die Anschläge auf Sie haben zwei Zwecken gedient: Erstens haben der Präsi und Hitz Angst gehabt, Sie könnten der Wahrheit auf die Spur kommen. Zweitens sollte Frau Lötscher isoliert werden; ohne Ihre Anwesenheit hatte die Werbung des Präsi eine bessere Chance.

Aber Hitz hat sich zweimal verrechnet: Die Kugel hat die Velolampe und nicht Sie getroffen, und der VW ist nicht in die

Luft geflogen. Der Präsi hat Angst bekommen, und er und Hitz haben einen fürchterlichen Streit gehabt, der bis nach Mitternacht gedauert hat. Anscheinend hat der Präsi Hitz mit der Polizei gedroht.

Es scheint, dass Hitz noch in der Nacht das Dynamit am Mercedes angebracht hat. Er ist wohl überzeugt gewesen, dass er sich auf den Präsi nicht mehr verlassen kann. Die Explosion hätte den Präsi aus dem Weg geschafft. Hitz und seine zwei Gesellen, der Knecht und die Magd, hätten zuerst Lötscher beseitigt, dann hätten sie alles Geld genommen und wären in Zürich untergetaucht; die Morde an Lötscher, Daniel und dem Präsi wären vielleicht nie aufgeklärt worden.

Nur eben: Wer andern eine Grube gräbt ...! Der Experte vermutet, Hitz habe in der Dunkelheit zufällig den Zigarettenanzünder betätigt; der glühende Draht sei mit dem Dynamit in Berührung gekommen ...«

»Hör auf, mir wird ganz schlecht!« rief Frau Muntwyler und strich sich abschliessend mit dem Stift über die Lippen.

Ich blickte auf die Uhr: noch eine Viertelstunde. Ich rief den Kellner und bat um die Rechnung.

»Wie viele Jahre erhält der Präsi?« fragte ich.

»Er hat Geld veruntreut, in der ›Schwand‹ auf einen Hund und auf Sie geschossen, Mithilfe beim geplanten Mord an Lötscher geleistet, einen Mörder geschützt – ich rechne mit drei bis vier Jahren.«

»Was geschieht mit dem Hof?«

»Er muss versteigert werden.«

Es war Zeit, und wir eilten über die Quaibrücke zum Bahnhof, wo Judith und Eduard Lötscher um 13.45 mit dem Bummler von Wiggen ankommen sollten. Ich hatte Lötschers und Muntwylers zu einem Nachmittagsausflug auf den Bürgenstock eingeladen. Leider hatten die Lötschers nicht auch schon am Morgen kommen können.

Ich wollte die Beziehungen zu den Lötschers nicht abbrechen lassen. Vielleicht brannte Eduard doch noch eines Tages mit einer Serviertochter durch.

Tagebuch, 24. Dezember 1986

Onkel Max kam um drei Uhr vorbei und schenkte mir eine Goldmünze – einen kanadischen Beaver.

Er fragte mich, wie mir der Fall Lötscher gefallen habe. Ich dachte daran, dass heute Weihnachtsabend war, und sagte, das Manuskript sei vorzüglich, besonders die Appendices. Gott verzeih mir meine Lüge!

Wir einigten uns, das Skript demselben Verlag zuzusenden, der seit dem 31. August das erste prüft und bis dato noch nichts von sich hat hören lassen.

Ich schenkte Onkel Max »Das letzte Stündlein des Papstes« von Heinrich Federer – eines von zehn Exemplaren, die mir der Rex-Verlag vor langer Zeit bei einem Gegengeschäft überlassen hatte.

Appendix A: Ein vergifteter Steinpilz

I. Primarlehrer Richard Brack erzählt (1984):
»Mein Nachbar ist ein ekelhafter Kerl, aber leider darf ich es ihm nicht sagen, denn das Haus, in dem ich wohne, ist sein Eigentum.

Unsere Häuser liegen am Waldrand und sind insofern zusammengebaut, als sich die Garagen der Länge nach berühren; ebenso grenzen die Balkone, die sich auf dem Dach der Garagen befinden, aneinander. Im übrigen liegen unsere Häuser eher einsam; der Bauernhof, zu dem unsere Grundstücke einst gehörten, ist gute vierhundert Meter entfernt; er liegt auf halbem Weg zum Dorf. Der Wald hinter unseren Grundstücken gehört der Landwirtschaftlichen Genossenschaft und ist geschützt.

Warum ich den Nachbarn so hasse? Nein, er ist nicht unfreundlich zu mir, sondern immer zuvorkommend, hilfsbereit. Ich zahle sehr wenig Miete, das ist wahr, aber eben: Ihm gehört mein Haus, er kann mich jederzeit hinaussetzen, und das ärgert mich – aber auch noch etwas anderes.

Ich bin Primarlehrer und gehe zu Fuss zur Schule. Dem Nachbarn gehört die Metzgerei, er fährt mit dem Mercedes ins Dorf. Abends stellt er seinen Wagen vor die Garage, lässt den Motor laufen, steigt aus, schiebt das Tor in die Höhe, geht zum Wagen zurück, öffnet den Kofferraum, trägt zur Haustüre, was er mitgebracht hat, schliesst den Kofferraum, steigt ein und fährt den Wagen in die Garage.

Drei Minuten lässt er den Wagen laufen – lange genug, um nicht nur den Balkon und den Garten, sondern auch Küche, Schlaf- und Wohnzimmer zu verstinken. Woher sonst hätte ich meine ewig heisere Stimme? Warum ist denn meine Frau letztes Jahr an Luftröhrenkrebs gestorben?

Und erst am Morgen: Die Metzger murksen ja ihre Schweine in aller Herrgottsfrühe ab. Schon um sechs beginnt mein Bett zu vibrieren, d.h. der Motor des Mercedes ist angesprungen. Unverschämt viel Zeit vergeht, bis der Nachbar den Wagen aus der Garage fährt. Dort dröhnt er weiter – bis das Tor mit einem Knall zufällt; jetzt höre ich das Scheppern und Kratzen von leeren Flaschen im Kofferraum; endlich schlägt der Deckel zu, dann die Wagentür; es wird geschaltet, der Wagen fährt davon.

Und nun kriechen die Abgase herein – die Fenster mögen noch so sorgfältig geschlossen sein. Ich beginne zu husten, balle die Fäuste. Mit dem Schlaf ist es vorbei.«

II. Metzgermeister Ruedi Peterhans zuhaus (1984).
»Du, Marlies, wo ist denn das Körbchen?«

»Du willst doch nicht etwa Pilze suchen? Wir essen in einer Viertelstunde.«

»Bis dann ist es dunkel. Brack ist mit mir zurückgefahren und hat mir gesagt, er habe heute Mittag unter den Birken ein paar Steinpilze gesehen.«

Marlies findet das Körbchen auf dem Fensterbrett, entnimmt ihm zwei Äpfel und reicht es ihrem Mann.

Schon nach zehn Minuten ist er zurück und legt ein Dutzend graue Steinpilze auf den Tisch. Er putzt sie gleich selbst, entfernt den Schwamm und das untere Ende des Stils und schneidet die Pilze in die Bratpfanne, wo sie fröhlich brutzeln, bis Frau Peterhans ihrem Mann und dem neunjährigen Töchterchen Rosa je zwei Löffel Pilze auf den Risotto legt; sie selbst mag Pilze nicht.

Am Abend sitzen sie zu dritt vor dem Fernseher; am folgenden Morgen vollführt der Mercedes den üblichen Lärm und produziert den üblichen Gestank – zum letztenmal.

Gegen elf Uhr beginnt Peterhans in seiner Metzgerei plötzlich zu schwitzen; er erbricht, beginnt zu fiebern und unzusammenhängend zu sprechen. Man bringt ihn ins Spital, aber er ist nicht mehr zu retten; er stirbt gegen acht Uhr abends unter grauenhaften Schmerzen.

Bei Rosa zeigen sich dieselben Symptome erst am frühen Nachmittag, aber sie stirbt schon vor sieben Uhr abends.

Die Analyse der Mageninhalte und des Bluts ergibt in beiden Fällen: Gift vom Knollenblätterpilz. Frau Peterhans mag lange versichern, ihr Mann habe ausschliesslich Steinpilze gepflückt, man glaubt es ihr nicht. Man glaubt ihr aber, dass nicht sie die Giftpilze unter die andern gemischt, sondern dass Herr Peterhans, der zwar gewiss Schwein vom Kalb habe unterscheiden können, unglücklicherweise mindestens einen Knollenblätterpilz für einen Boleten gehalten habe. Wäre Rosa nicht auch gestorben, hätte man die Angelegenheit vielleicht sorgfältiger geprüft.

III. Primarlehrer Brack erzählt weiter (1986):

»Der Tod der kleinen Rosa hat mir damals leid getan. Aber man muss bedenken, dass sie sowieso keines natürlichen Todes gestorben wäre – der Club of Rome hat ja ausgerechnet, dass wir noch vor dem Jahr 2000 an einer Atomkatastrophe, an der verschmutzten Luft, am vergifteten Wasser, am mangelnden Ozon, an Bakterienkulturen, an AIDS oder an einer Kombination dieser Dinge zugrunde gehen werden. All diesen Gefahren ist Rosa entgangen. Ich tröste jeweils ihre Mutter mit diesen Überlegungen und habe bis dato auch Erfolg gehabt. Ach ja, ich habe die frühere Marlies Peterhans geheiratet, und die beiden Häuser gehören jetzt mir. Den Mercedes fahre nun ich, aber ich parke ihn an der Strasse vorn und rieche ihn von dorther nicht. Das Nachbarhaus habe ich an ein älteres Ehepaar vermietet, das keinen Wagen fährt. Die Pilze unter den wenigen, noch nicht abgestorbenen Birken pflücke ich nun selbst.

Sie wollen wissen, wie ich diesen Luft- und Seelenverpester Peterhans zur Strecke gebracht habe? Ich habe am frühen Morgen ein paar Knollenblätterpilze gepflückt und den Saft roh (das ist wichtig!) ausgepresst. Die Flüssigkeit habe ich unverdünnt in eine normale Spritze gefüllt, wie man sie in jeder Apotheke kaufen kann. Darauf habe ich den Saft zwei verschiedenen Steinpilzen, die klar sichtbar unter den Birken standen, in die Kappe gespritzt. Peterhans konnte diese beiden Pilze nicht übersehen.

Zuletzt eine Warnung an alle Pilzsammler: Glauben Sie in Zukunft nie, ein scheinbar essbarer Pilz am Waldboden könne kein Gift enthalten. Auch Sie haben Feinde, und wer garantiert Ihnen, dass sie diese Geschichte nicht auch gelesen haben?

Appendix B: Dr. Richter und sein Henker

Dr. John F. Richter und Dr. Samuel Jitterbugger hatten zusammen studiert – im Jewish Special Hospital ihr Praktikum hinter sich gebracht und 1972 im selben Gebäude (The Crosstown Medical Building) ihre Praxis eröffnet.

Schon wenige Jahre später hatten beide die aufgenommenen Kredite zurückbezahlt und begannen enorm zu verdienen. Als sich die beiden Ende April 1976 zum Lunch in der Cafeteria trafen, kamen sie auf die hohen Steuern zu sprechen. Richter vertraute seinem Kollegen an, dass er sich in Zukunft Impfungen, Checkups und andere kleine Dienste werde bar bezahlen lassen; dieses Geld werde er nicht versteuern, sondern in der Schweiz auf einem Nummern-Depot anlegen. Der eher ängstliche Dr. Jiggerbugger riet dem Freund ab und behauptete, Ehrlichkeit währe auch in den Vereinigten Staaten am längsten. Richter lachte Tränen, aber schliesslich schlossen die beiden Freunde eine Wette ab: Wer in zehn Jahren finanziell besser dastehe, gelte als Sieger und habe Anrecht auf eine Kiste Champagner.

Jeden Sommer fuhr Richter nun nach Europa; einmal flog er nach London, einmal nach Paris, ein drittes Mal nach Rom. Einige Tage nach der Landung in Europa tauchte er per Zug in Zürich auf, wo er beim Bankverein ein Nummern-Depot unterhielt. Jedes Jahr legte er annähernd 50 000 Dollar in zinsträchtigen und quellensteuerfreien Obligationen an; mit den einlaufenden Zinsen kaufte die Bank automatisch Anteilscheine an einem Ecu-Fonds.

Von Zürich aus reiste Dr. Richter jeweils nach Leipzig, wo noch seine Grossmutter lebte. Richters Eltern hatten 1948 die Ostzone verlassen und zuerst in Mannheim gelebt; von dort waren sie 1950 in die Vereinigten Staaten emigriert. Hans hatte seinen sechsten Geburtstag auf dem Schiff gefeiert.

Ein- oder zweimal pro Woche trafen sich Richter und Jitterbugger beim Lunch. Der erste empfand eine naive Freude, wenn er dem Freund das Wachstum seines europäischen Vermögens und seine Reisen in Europa schildern durfte. Immer wieder forderte er Jitterbugger auf, im folgenden Sommer mitzukommen und sein Geld ebenso gewinnbringend anzulegen, aber dieser wollte davon nichts wissen.

Im Grunde war Jitterbugger ein humorloser und missgünstiger Mensch; der Gedanke, die Wette verlieren zu können, obwohl er sich jeden Bissen vom Mund absparte, war ihm unerträglich. Als erstes schrieb er einen anonymen Brief an die lokale Steuerbehörde. Diese überprüfte Richters Buchhaltung, fand den Betrag der Bareinnahmen angemessen und belästigte Richter weiter nicht.

Jitterbugger gab nicht auf und schrieb anonyme Briefe an die Polizei, an die Steuerbehörde in Washington; er informierte die Zollbehörden über Richters Reisedaten, ja sogar die USA-Botschaft in Bern erhielt ein Schreiben. 1984 sprach ein Steuerbeamter aus Washington im Büro Dr. Richters vor und versuchte, diesen wegen Steuerhinterziehung zu erpressen. Richter rief seinen Rechtsanwalt an und wurde in der Folge wieder in Ruhe gelassen. Das Vorkommnis erzählte er Jitterbugger beim Lunch; er werde in Zukunft vorsichtiger sein und weniger Geld mitnehmen; es sei auch nicht mehr notwendig, denn seine europäischen Werte würden bald die Millionengrenze überschreiten.

Es nahte das Jahr 1986. Jitterbugger musste sich etwas einfallen lassen. In Sachen Steuerhinterzug war Richter nicht zu fassen. Konnte ihm etwas anderes das Genick brechen? Jitterbugger hatte eine Idee.

Am 1. Dezember 1985 wurde Dr. Richter verhaftet; die Praxis im Crosstown Medical Building und die Villa in Barnard's Crossing wurden durchsucht; jeder Brief, jede Notiz wurde mitgenommen und katalogisiert. Die Verhöre zogen sich über Wochen hin; Weihnachten und Neujahr kamen und gingen. Frau Richter hatte keine Ahnung, wo ihr Mann sich befand; schliesslich nahm sie einen Anwalt, der herausfinden konnte, dass Richter in die Hände der CIA geraten war. Am 18. Februar 1986 wurde Frau Richter mitgeteilt, ihr Mann habe sich in der Zelle eines Untersuchungsgefängnisses im Staate Maryland erhängt. Einige Tage später erhielt sie die Urne mit der Asche ihres Mannes, dazu ein Blatt Papier, auf das ihr Mann mit zittriger Schrift geschrieben hatte: »Ich habe zugegeben, jeden Sommer die DDR besucht und jedesmal mit meiner Grossmutter gesprochen zu haben. Ich bestätige, dass die Beamten mich nicht gefoltert haben. Ich begehe Selbstmord, weil ich nicht weiter ausgefragt werden möchte. Nach meinem Tod möchte ich verbrannt werden – meine liebe Frau soll mich so in Erinnerung behalten, wie ich letzten November ausgesehen habe. Sie soll entscheiden, was mit meiner Asche geschieht. John F. Richter, M. D.« Die Notiz trug kein Datum.

Einige Wochen nach Richters Tod erhielt Dr. Samuel Jitterbugger den Besuch eines dunkel gekleideten Herrn aus Washington. Er dankte Dr. Jitterbugger im Namen des Präsidenten dafür, einen offensichtlichen Ostagenten entlarvt zu haben. Richter habe in Zürich ein Konto unterhalten, auf das jedes Jahr seit 1976 ein Betrag von annähernd 50 000 Dollar in bar einbezahlt worden sei; Richter müsse jeweils sehr wichtige Dokumente und Informationen nach Leipzig geliefert haben, denn weder die Russen noch die Ostdeutschen würden üblicherweise so hohe Beträge bezahlen.

Man arbeite nun daran, Dr. Richters Kontakte in den USA zu identifizieren; man habe vorderhand 28 von 1500 Patienten Richters unter die Lupe genommen – bisher leider ohne Erfolg.

Appendix C: Die klugen Leute (Grins-Märchen)

Die Firma Grosclaude war 1965 gegründet worden. Gustav Grosclaude hatte in Zürich-Altstetten ein älteres Fabrikgebäude gemietet – dreissig auf zwanzig Meter. Das Erdgeschoss (mit Betonboden) wies eine Höhe von acht Metern auf; zum Obergeschoss führte eine eiserne Aussentreppe, die dumpfe Geräusche von sich gab, wenn sich jemand auf ihr bewegte. Oben reihten sich zwei Büros, eine Toilette, ein Labor und einige kleinere Lagerräume aneinander.

Im Erdgeschoss installierte Grosclaude die Maschinen, die er aus den Vereinigten Staaten importierte, im Obergeschoss einen durchgefallenen Studenten der Eidgenössischen Technischen Hochschule, den Grosclaude als Laboranten bezeichnete; dieser analysierte den Inhalt von Reagenzgläsern und überwachte auch die Tätigkeit der zwei Arbeiter im Erdgeschoss und das Kommen und Gehen der zwei Reisenden mit ihren Lastern. Gustav Grosclaude reiste selbst an sechs Tagen der Woche und sammelte Aufträge. Am Sonntag besorgte er die Administration, das heisst, er schrieb Rechnungen, wies Gehälter und Provisionen an und bestellte Chemikalien – nach einer Liste, die ihm der Laborant am Samstag auf den Schreibtisch gelegt hatte. Sich selbst zahlte Grosclaude kaum die Hälfte von dem, was jeder der beiden Arbeiter erhielt – er und seine Frau lebten bescheiden; Kinder besassen sie keine.

Kein Wunder, dass die Summe auf dem Postscheckkonto wuchs. Die Maschinen, die Grosclaude in Raten bis 1974 (Zins 8½ %) gekauft hatte, bezahlte er schon 1967 ab. Nachdem er die Zinszahlungen los war, wuchs das Konto noch schneller, so dass Grosclaude 1969 das Fabrikgebäude kaufen konnte – mit Hilfe einer Hypothek zu 6 % auf zwei Drittel des Verkehrswerts. 1972 zahlte Grosclaude die Hypothek zurück.

Nachdem keine Zinszahlungen mehr zu leisten waren, schoss die Summe auf dem Postscheckkonto noch rapider in die Höhe als bisher. Wenn immer das Konto den Stand von 70 000,– Franken erreicht hatte, schrieb sich Grosclaude eine Anweisung für 50 000.–, begab sich zur nahegelegenen Filiale des Schweizerischen Bankvereins und kaufte für den Betrag Obligationen in Schweizer Franken und D-Mark. In den französischen Franc, die Lira, das englische Pfund und den Dollar (den amerikanischen und den kanadischen) hatte er kein Vertrauen. Die Zinsen der Obligationen erfolgten auf Grosclaudes Postscheckkonto (sein Motto: ein Mann, ein Konto), das nun derart in die Höhe schnellte, dass Grosclaude fast jeden Monat beim Bankverein auftauchte und Obligationen für 50 000.– kaufte. Nur in den Monaten, in denen Steuerzahlungen fällig wurden, kam es vor, dass Grosclaude nicht beim Bankverein erschien.

Gustav Grosclaude und seine Frau lebten bescheiden in einer Altwohnung an der Dachslernstrasse. Sie zahlten 650.– im Monat plus 168,– à Konto Heizung für eine 3½-Zimmer-Wohnung ohne Garage. Grosclaude überlegte, ob es sich nicht lohnen würde, eine Eigentumswohnung zu kaufen; wochenlang las er den Tagesanzeiger, fand aber keine Wohnung derselben Grösse für weniger als 270 000 Franken. Legte er 270 000.– zu 5 % an, brachte das 13 500.– Zins im Jahr, während er an Miete und Heizung nicht einmal 10 000.– bezahlte; ein Wohnungskauf lohnte sich nicht.

Frau Grosclaude, geborene Gertrud Stamm aus Biel, bewunderte ihren Mann. Am Sonntag Abend, wenn er die Korrespondenz und die Fakturen erledigt hatte, rief er seine Frau von der Fabrik aus an; sie trafen sich beim Farbhof und fuhren mit der Tram in die Stadt. Auf ein bescheidenes Nachtessen im Johanniter folgte ein Theater- oder Kinobesuch. Beim Nachtessen orientierte Grosclaude seine Frau über den Stand der Finanzen.

Als im Oktober 1975 der Wert der Obligationen im Depot den Wert von einer Million überschritten hatte, meinte Gertrud, es wäre doch schade, dass sie weder Ferien hätten noch je an einem Sonntag einen Ausflug machen könnten. Gustav hatte auch schon darüber nachgedacht: Die 24 000.– für eine Bürokraft hätte er verschmerzen können, aber eine Folge wäre doch gewesen, dass das Wachstum des Depots um ein geringes gebremst worden wäre.

»Warum besorge nicht ich die administrativen Arbeiten? Dann gehört der Sonntag uns«, meinte Gertrud.

Gustav nahm den Vorschlag seiner Frau mit Begeisterung an, ja, er schüttete ihr für ihre Tätigkeit ein von Jahr zu Jahr grösseres Gehalt aus, das ebenfalls auf dem besagten Postscheckkonto landete, dessen Wachstum nun explosive Formen anzunehmen begann.

Grosclaudes genossen die Sonntage auf Wanderungen und Fahrten mit der SBB. Gustav besass ein Jahresgeneralabonnement, Gertrud ein Halbtaxabonnement Elite; jede zehnte Woche kaufte sie ein Heft mit Tageskarten. Regnete es im Norden, reisten sie ins Tessin oder ins Wallis; war es im Osten bewölkt, begegnete man ihnen am Genfersee. Ende der siebziger Jahre kauften sie Sandwiches und Kaffee von der rollenden Bar im Zug; als die Schweizerische Speisewagengesellschaft die Preise anfangs der Achtziger Jahre unverschämt in die Höhe trieb, nahmen sie belegte Brote und eine Thermosflasche heissen Kaffee im Rucksack mit.

Nach 1976 hatten die Oelpreise zu klettern begonnen; Grosclaudes Gewinne aus der Fabrik wurden immer grösser. Er hätte anbauen, neue Maschinen kaufen können, aber Gustav traute der Situation nicht: Was, wenn die Grünen weiter ins Kraut schossen, die Autos verboten oder das Benzin rationierten?

1976 legte Gustav jeden Monat 50000.– Franken an; 1977 kaufte er im Durchschnitt alle drei Wochen Obligationen im Wert von 50000.– ; die Zinsen der jetzt über zwei Millionen (im Mittel 8%) wurden ebenfalls neu angelegt, und schon 1980 kaufte Gustav monatlich eine Obligation zu 100000.–; 1983 erwarb er jede dritte Woche eine solche Obligation, und am 31. Dezember 1986 betrug der Wert des Depots über zwanzig Millionen – ein Kapital, das bei einem durchschnittlichen Zinssatz von jetzt nur noch 6% monatlich immerhin 100000.– abwarf. Der Nettogewinn aus der Firma war weiter gewachsen, so dass Gustav alle vierzehn Tage 1000000.– in zinsträchtigen Papieren anlegen konnte.

Als es an einem Sonntag im Januar 1987 schon früh am Morgen schneite, beschlossen die Grosclaudes, zuhause zu bleiben. Gustav setzte sich an den Tisch und etablierte die Growth-Kurve seiner Firma. Seit 1965 hatte sowohl der Cashflow als auch der Nettogewinn jedes Jahr zugenommen. Die Linie des Cashflow glich einer im Winkel von etwa 30 Grad nach oben gerichteten Geraden, während die Linie des Gewinns im Winkel von etwa 45 Grad nach oben strebte. Noch erfreulicher bot sich die Vermögensstatistik dar. Die Growthlinie glich einer Hyperbel, die in Richtung rechts immer steiler in die Höhe wuchs. Bei Tee und Kuchen legte Gustav seiner Frau die Statistiken vor. Voller Ehrfurcht reichten sie sich die Blätter über den Küchentisch, während der Kaffee erkaltete.

»Wie soll es jetzt weitergehen?« fragte Gertrud.

»Möchtest Du etwas an unserm Leben ändern?« fragte Gustav, »vielleicht eine Villa beim Dolder kaufen?«

»Um Gottes Willen!«

»Ein Tamilchen adoptieren?«

»Nur das nicht!«

»Einen Hund oder eine Katze anschaffen?«

»Ich habe an meinem Goldfisch eben genug!«

Gustav Grosclaude küsste seine Frau dankbar auf die Stirn.

Wenn Gustav Grosclaude und seine Frau 1988 nicht an der chinesischen Grippe gestorben wären, hätte die Filiale des Bankvereins bald einmal einen zusätzlichen Wertschriftenspezialisten einstellen müssen.

Appendix D: Andy Hirt im College (Geschichten aus dem amerikanischen Alltagsleben I)

Andy Hirt war der Sohn von Alfred Hirt und Virginia Broadbent. Der Vater war Besitzer des Drugstore in Glenbrook, Maine. Die Hirts verdienten gut genug, um Andy ans Max Hess College in Topper, Maine, zu senden.

Andy hatte von Jugend auf eine ungewöhnliche Liebe zu Tieren entwickelt, weshalb er schon im ersten Jahr als Freifach Zoologie belegte. Als Teil des Kurses organisierte Professor Gianpietro Gaio eine dreitägige Exkursion nach Rivière du Loup. Die fünfundzwanzig Teilnehmer fuhren in einem Schulbus nach Quebec und dann auf der Autobahn dem rechten Ufer des St. Lawrence entlang, bis der Fluss zum Golf wurde und das gegenüberliegende Ufer den Blicken entschwand. Am zweiten Tag fuhr man auf einem Dampfer in den Golf hinaus. Jeder Student fasste einen Feldstecher oder ein Fernrohr, um damit das Meer nach Walfischen abzusuchen. Professor Gaio war der erste, der eine Herde Wale entdeckte. Man fuhr bis auf einige hundert Meter an die Tiere heran, die sich nicht stören liessen, photographierte und filmte, was das Zeug hielt, und fuhr darauf nach Rivière du Loup zurück.

Am Abend versammelte Professor Gaio seine Schüler im Konferenzzimmer des Hotels und diskutierte mit ihnen das imminente Aussterben der Wale. Zwar hätten die meisten Nationen die Jagd auf Wale eingestellt oder eingeschränkt, aber damit sei die Weiterexistenz der Tiere noch nicht gesichert. Wale siebten das Wasser nach Plankton ab. War das Plankton vergiftet, siebten sie mit dem Plankton das Gift in sich hinein und kamen um. Das sei das Schicksal der Herden im Golf des St. Lawrence, die seit fünf Jahren jährlich zehn Prozent ihres Bestandes verlören und in weiteren fünf Jahren völlig aussterben würden.

Die Studenten vernahmen, dass weder die kanadischen Industrieanlagen am Strom noch Städte wie Ottawa, Montreal oder Quebec irgendwelche Kläranlagen besassen, dass also die gigantischen Abwässer ungeklärt in den St. Lawrence flossen und den Golf zu einer gewaltigen Giftpfütze gemacht hatten, in der die Wale unweigerlich verenden mussten.

Auf die Frage, wie gegen diesen Stand der Dinge angekämpft werden könne, schüttelte Professor Gaio hilflos den Kopf. Es sei offensichtlich eine Frage der Ökonomie und der Ökologie: Seien einmal die Wale verschwunden, verlören zwar einige Matrosen auf den Ausflugsbooten ihren Job, und der Reeder werde seine Schiffe verkaufen müssen. Im übrigen aber sei der Schaden rein ökologisch. Kläranlagen kosteten Geld, und ihr Bau würde die Gewinne der am St. Lawrence und am Ottawa River gelegenen Industrien vermindern. Ein solches Opfer sei den Aktionären nicht zuzumuten, die ein Recht auf einen Maximalprofit hätten, auch wenn dabei die Wale zugrunde gingen. Kläranlagen in den Städten müssten mit Steuergeldern bezahlt werden; zusätzliche Zinszahlungen könne sich die bis an den Hals verschuldete Provinz Quebec nicht leisten – auch dann nicht, wenn die ebenfalls bis aufs äusserste verschuldete Regierung in Ottawa die Hälfte der Kosten tragen würde. Gaio schloss die Diskussion mit folgenden Worten:

»Ich habe diese Fahrt veranstaltet, damit ihr als interessierte Zoologen noch einmal eine Herde Wale mit eigenen Augen erlebt habt. In Zukunft wird man Wale nur noch auf Videofilmen sehen, weil es sie in Wirklichkeit nicht mehr gibt.«

Andy Hirt ging die Situation der Wale zu Herzen; er war zu jung und unerfahren, um die Sache nur wissenschaftlich distanziert betrachten zu können. Er meinte, ein echter Amerikaner sei es sich schuldig, mit Taten zu reagieren. Er wusste, dass die Organisation Green Peace sich neben der Robbenjagd auch um das Überleben der Wale kümmerte, und als Green Peace auf dem Campus eine Unterschriftensammlung gegen die Robbenjagd durchführte, unterschrieb auch Andy Hirt. Kurz darauf verliebte sich Andy in die hübsche Linda McPherson, und die Robben, die Wale und Green Peace verschwanden aus seinem Gesichtsfeld.

Die Unterschriftenbogen in der Green-Peace-Zentrale wurden von einem der Sekretäre, der für das FBI arbeitete, kopiert. Ueber jeden Studenten, der unterschrieben hatte, wurde eine Akte angelegt. Anschliessend wurden die Angaben dem Zentralcomputer des FBI, dem »Big Whale«, eingetippt. Wenn immer von jetzt an der Name Andy Hirt abgerufen wurde, erschienen die Angaben »Suspect Subversive«, »Suspect Communist« und »Supporter Green Peace« auf dem Bildschirm;

und wenn man eine dieser drei Kategorien abrief, erschien auch der Name Andy Hirt.

Hirt war ein guter Student, und man wunderte sich allgemein, dass er nach Abschluss des B.Sc. an keiner Universität zum Weiterstudium angenommen wurde.

Appendix E: Andy Hirt in Washington (Geschichten aus dem amerikanischen Alltag II)

Mit dem B.Sc. in der Tasche kehrte Andy Hirt nach Glenbrook zurück. Seine Schwester hatte sich nach Kalifornien verheiratet, der ältere Bruder war in Vietnam tödlich verunfallt, und Alfred Hirt schlug seinem Sohn vor, mit ihm gemeinsam den Drugstore weiterzuführen – der Mutter könne man es nicht mehr zumuten, den ganzen Tag an der Kasse zu sitzen.

So stand denn Andy Hirt zwei Jahre lang an der Theke des Drugstore, briet Hamburger, bestrich Hot Dogs mit Senf und Relish, verabreichte den Kindern Eis und den Erwachsenen Root Beer. Schon im ersten Jahr heiratete er Linda McPherson, und im zweiten schenkte sie ihm Drillinge. Die drei vierpfündigen Säuglinge wurden photographiert; ihr Bild erschien in den lokalen Zeitungen, und Andy Hirts Name wurde bekannt. Er war ein freundlicher Mann und hatte für jeden, der den Drugstore betrat, ein Lächeln und ein paar gute Worte. Sein Gedächtnis für Namen und Gesichter war phänomenal; die Tatsache, dass er fast jeden Kunden beim Namen nannte, verschaffte ihm noch mehr Freunde als seine uneigennützige Arbeit im Kiwanis Club.

Nachwahlen in den Kongress standen vor der Tür. Als Kandidaten hatte die republikanische Partei den Besitzer einer Ford-Vertretung vorgeschlagen. Einige Wochen vor dem Wahltag spielte das FBI dem Chairman der demokratischen Partei Material in die Hände, mit dem nachgewiesen werden konnte, dass der Ford-Agent vor Jahren, als er noch ein einfacher Autoverkäufer gewesen war, einem Ring von Autodieben zugearbeitet hatte. Obwohl die Sache offensichtlich verjährt war, wurde er angeklagt und kam deshalb als Abgeordneter nicht mehr in Frage. Die republikanische Partei lancierte darauf Andy Hirt. Hirt hätte gegen den demokratischen Kandidaten, einen langjährigen und populären Gewerkschaftsführer, keine Chance gehabt, wäre dieser nicht bei einem Autounfall aus dem Leben geschieden; eine Untersuchung ergab, dass die Bremsbeläge des Unfallwagens vollständig abgeschliffen waren, obwohl das Tachometer auf nur 8000 Meilen stand und das Fahrzeug keine sechs Monate alt war.

Auch die Demokraten stellten in aller Eile einen Ersatzkandidaten auf, aber er war noch unbekannter als Hirt. Hirt wurde gewählt.

Hirt übernahm das Büro seines Vorgängers in Washington und mietete sich auch eine kleine Wohnung. Zur Erledigung seiner Korrespondenz nahm er eine Sekretärin in Dienst, die ihm das Personalbüro des Weissen Hauses empfohlen hatte. Sie hiess Debbie Miller und war eine hübsche, etwa dreissig Jahre alte Mulattin aus New York. Schon nach dem ersten gemeinsamen Dinner verbrachten Andy und Debbie die Nacht zusammen in Debbies Wohnung. Es fiel Andy nicht auf, dass die Miete für Debbies luxuriöse Suite mehr als das Doppelte von ihrem Gehalt verschlingen musste, auch nicht, dass Debbie in einem grossen Doppelbett schlief und dass die Beleuchtung im Schlafzimmer ungewöhnlich hell war. In den folgenden Monaten gelang es Andy nie mehr, mit Debbie ausserdienstliche Kontakte zu unterhalten; er war eine Weile deprimiert, weil er sich für einen sexuellen Versager halten musste.

Anfänglich fand es Andy nicht schwer, bei Abstimmungen die Parteiparolen zu befolgen. Als aber das Verteidigungsbudget aufs Tapet kam, beschloss er, sich jenen anzuschliessen, die es kürzen wollten – wenigstens so weit, dass die Sozialleistungen nicht noch weiter abgebaut werden mussten. Andy war sich klar darüber, dass von jedem Dollar, der für militärische Ausrüstungsgüter ausgegeben wurde, 98 Cents als Nettoprofit in die Taschen der Besitzer und Aktionäre der Rüstungs- und Zulieferungsindustrie flossen. In »Time Magazine« hatte es jedermann lesen können, dass ein Dutzend Nägel, die im Warenhaus für ein paar Cents zu haben waren, über $50 kosteten, sobald die Flugzeugindustrie sie zu Rüstungszwecken kaufte; kleine Aluminium-Leitern (bei Pascals $34 angeschrieben) waren mit $988 veranschlagt.

Drei Tage vor der Abstimmung war Andy, der sich täglich vormittags und nachmittags in den Kaffeepausen mit demokratischen und republikanischen Kollegen unterhielt, überzeugt davon, dass das Verteidigungsbudget gewaltig gekürzt werden müsste, bevor die Abgeordneten es gutheissen würden. Am selben Abend klingelte das Telefon; es meldete sich ein gewisser Raphael Denner – den Namen hatte Andy noch nie gehört – und bat »Mister Congressman Hirt« um eine Unterredung – noch am gleichen Abend oder im Verlauf des morgigen Tages.

Andy hatte eine volle Agenda, versprach aber Denner, ihn morgen um 18.00 in seinem Büro zu erwarten. Als er am folgenden Tag einigen Kollegen gegenüber den Namen Denner erwähnte, kannte anscheinend niemand den Mann, aber Andy hatte das Gefühl, dass man ihm nicht durchwegs die Wahrheit sagte. Umso gespannter war er auf das Interview.

Denner war ein gutgekleideter, mittelgrosser Gentleman, der aussah wie tausend andere auf den Strassen Washingtons. Er kam gleich zur Sache – zur Abstimmung über das Verteidigungsbudget von übermorgen. Dem Präsidenten liege sehr viel daran, dass das Budget ohne Kürzungen angenommen werde, und man werde sich als äusserst dankbar erweisen, wenn Congressman Hirt in dieser Richtung stimmen werde.

Andy war empört, hielt sich aber zurück und fragte Denner, ob der Präsident ihn persönlich mit dem Besuch beauftragt habe. Das nicht, meinte Denner; er begreife, dass Hirt misstrauisch sei, es könne ja schliesslich jeder kommen und behaupten, er handle im Auftrag des Präsidenten. Congressman Hirt solle den Sekretär des Personalchefs im Weissen Haus anrufen, der heute gewiss bis Mitternacht arbeiten werde – dieser werde ihn, Denner, legitimieren. Zweimal war die Nummer, trotz der fortgeschrittenen Zeit, besetzt, das dritte Mal erreichte Hirt den Mann, der kurz und unfreundlich antwortete. Er kenne Denner, der das volle Vertrauen des Präsidenten besitze; was Denner von Hirt wolle, wisse er nicht und wolle er auch nicht wissen.

Hirt erklärte Denner darauf, dass er den grössten Respekt für den Präsidenten empfinde und dessen Haltung begreife; sein Gewissen aber sage ihm, dass das Verteidigungsbudget nicht auf Kosten der Sozialleistungen erhöht werden dürfe und dass er sich deshalb – als Christ und Humanist – verpflichtet fühle, nur das gekürzte Budget zu unterstützen.

Denner meinte, er habe noch andere Pflichten und wolle es deshalb kurz machen. Er zog einen Umschlag aus der Mappe und legte Hirt eine Aufnahme vor, die ihn und Debbie Miller zeigte, wie sie nackt auf dem Rücken auf Debbies Doppelbett lagen und nach oben in die Kamera starrten.

Denner sagte:

»Das Bild bleibt bei uns, wenn Sie für den Präsidenten stimmen, andernfalls wird es den richtigen Stellen in die Hand gespielt, und Sie sind erledigt. Von früher her haben wir auch noch anderes Material gegen Sie. Man schätzt Sie, Congressman Hirt, glauben Sie mir, und glauben Sie auch, dass der Präsident nur das beste will – für Sie und unser Land. Gewiss, auch Sie glauben, das beste für Amerika tun zu wollen, aber Sie sollten einsehen, dass der Präsident Hintergründe und Fakten kennt, von denen Sie keine Ahnung haben; darum bittet er Sie, ihm Vertrauen zu schenken und für das Budget zu stimmen.«

Während er sprach, hatte Denner das Bild wieder in den Umschlag gesteckt. Jetzt stand er auf und verabschiedete sich, ohne Andy die Hand zu geben.

Nachdem sich die Tür geschlossen hatte, blieb Andy eine Weile unbeweglich sitzen, dann begab er sich in seine Wohnung und las in der Bibel. Am nächsten Tag fand er eine Notiz von Debbie vor – ihre Mutter sei erkrankt und sie habe nach New York fahren müssen. Sie werde mehrere Monate wegbleiben, und Andy solle sich eine andere Sekretärin suchen.

Sollte Andy Linda informieren und es in Kauf nehmen, dass das FBI das Bild unter die Leute brachte? Als Abgeordneter müsste er sofort zurücktreten; vielleicht würde er auch Linda verlieren oder sie wenigstens auf lange Zeit unglücklich machen. Nein, diesmal musste er sich erpressen lassen, nachher aber sollte ihn niemand daran hindern, von seinem Amt zurückzutreten; glaubhafte Gründe liessen sich immer finden.

Das gigantische Verteidigungsbudget wurde – zum Erstaunen von jedermann – mit einer komfortablen Mehrheit angenommen. Die Medien berichteten, am Abend vor der Abstimmung habe der Präsident persönlich eine Zahl schwankender Kongressmitglieder angerufen und sie zu seiner Ansicht bekehrt: Die Sicherheit Amerikas gehe vor; was nützten denn Sozialleistungen einem Volk, das von den Russen unterjocht werde?

Andy Hirt beschloss, seine Amtszeit doch noch abzusitzen; es wäre doch zu seltsam, wenn er jetzt sein Amt niederlegen würde. In den Tagen nach der Abstimmung erhielt Andy von einem Rüstungskonsortium einen Scheck über $ 25 000, ferner einen Scheck über $ 12 000 von einer Gruppe, die für Südkorea lobbyierte. Er informierte das Sekretariat des Weissen Hauses über diese Zuwendungen und vernahm, dass solche Zahlungen normal und legal seien, dass 40 % der Summen als allgemeine

Unkosten gelten dürften, während aber der Rest als reguläres Einkommen versteuert werden müsse.

In der Folge stellte Andy eine Sekretärin ein, die er sich unter sechs Bewerberinnen ausgesucht hatte – Bewerberinnen, die sich auf eine anonyme Annonce hin gemeldet hatten. Auch Rona Wilcox war etwa dreissig Jahre alt, hübsch, geschieden, auch mit ihr verbrachte er gleich nach dem ersten gemeinsamen Dinner die Nacht – aber in seiner eigenen Wohnung, deren Wände er von Zeit zu Zeit sorgfältig absuchte. Es dauerte Monate, bis Andy einsah, dass das FBI kein Interesse an weiteren Photographien haben konnte.

Vier Jahre später wurde Andy wiedergewählt; er liess sich von Linda scheiden und heiratete Rona. Nach dem Tod der Eltern wurde der Drugstore in Glenbrook verkauft; das Geld überliess Andy grosszügig seiner Schwester in Kalifornien. Er war Verwaltungsrat mehrerer grosser Firmen geworden, die zum grössten Teil von der Rüstungsindustrie abhingen. Sein steuerbares jährliches Einkommen betrug über $ 350 000. Andy hatte eingesehen, dass er damals richtig gehandelt hatte, als er dem Präsidenten sein Vertrauen geschenkt hatte.

Appendix F: Verbrecher im Alltag (Max Frei erinnert sich an seine Eltern)

I

Wenn ich meinen Vater um ein Ei oder um einen Fisch gebeten hätte, hätte er mir auch keinen Stein und keine Schlange gegeben; alles, was ich von ihm erhalten konnte, waren Prügel. Im übrigen war er ein frommer Mensch: Von seinem 60. Geburtstag an besuchte er täglich die Messe. Gott vergalt ihm seine Mühe mit Gesundheit, Lebensfreude, Reichtum und langem Leben.

Dass mein Vater nichts auf der Welt so verabscheute wie mich, spürte ich schon als Kleinkind. Angst und Furcht vor dem Vater gehören zu meinen frühesten Erinnerungen. Wenn er unerwartet vor mir auftauchte oder wenn ich von ihm träumte, nässte ich die Hosen. Er hatte eine feine Nase und konnte es riechen. »Es seikelet, es seikelet«, sagte er immer drohender, bis die Mutter mir die Hosen befühlte. »Und du bist doch schon sieben Jahre alt«, sagte sie dann; »schämst du dich nicht?« Da ich unten nass war, schlug sie mich an die Ohren.

Später, als mir eine Tante Grimms Märchen schenkte, stiess ich auf die Geschichte vom Teufel mit den drei goldenen Haaren. »Ich rieche rieche Menschenfleisch«, sagt der Teufel; entsetzt schlug ich das Buch zu und wagte lange nicht, es wieder aufzuschlagen.

Einmal teilte mir die Mutter mit, der Vater komme nicht zum Mittagessen, er nehme an einer Wallfahrt nach Einsiedeln teil. Als er zurückkehrte, konnte ich nicht mehr rechtzeitig aus dem Korridor verschwinden; da brach es aus mir hervor: »Jetzt schlägst du mich aber nicht, gell? Du bist ja bei Maria gewesen.« Noch heute krampft sich in mir alles zusammen, wenn ich an die Prügel denke, die ich damals erhalten habe.

Als der Wutanfall vorbei war, kroch ich unter das Sofa und wartete, bis der Vater weggegangen war; dann schlich ich zur Mutter in die Küche. Dass ich ein völlig verworfenes Wesen sei, eine Schande für Gott und die Welt, das stellte ich nicht in Abrede; aber ich hatte bereits etwas Religion gekostet, und ich sagte mir, dass ein frommer Mensch, der gerade aus Einsiedeln kommt, auch einem Verworfenen wie mir etwas Milde zeigen müsste. Ich fragte also die Mutter, warum ich denn jetzt geschlagen worden sei – ich hätte doch den ganzen Tag nichts getan als Fuchs gespielt. »Der Vater wird es schon wissen«, wich sie aus.

Wenn der Vater nicht zuhause war, war meine Angst geringer. Auch von der Mutter wurde ich geohrfeigt und geprügelt, aber ich wusste in der Regel weshalb: Die Fingernägel waren schmutzig, die Socken hatten ein Loch, oder ich schlug beim Üben am Klavier einen falschen Ton an. Wenn ich aber unters Sofa kroch und mich still verhielt, liess sie mich in Ruhe. Wurde ich von ihr entdeckt und gefragt, was ich dort unten treibe, sagte ich, ich spiele Fuchs, und unter dem Sofa sei meine Höhle.

Als ich fünf war, wurde meine Schwester geboren. Sie wurde gehätschelt und nie geschlagen. Sie wurde mir als Vorbild hingestellt und dazu erzogen, an ihre eigene Vorbildlichkeit zu glauben. Sie war die Verbündete meiner Eltern und teilte es ihnen mit, wenn sie glaubte, man hätte eine meiner Entgleisungen übersehen oder zu wenig geahndet.

Ich entwickelte mich langsam und wurde erst mit acht Jahren in der Primarschule zugelassen. Trotzdem war ich der Kleinste in der Klasse und blieb der Kleinste bis gegen Ende der Gymnasialzeit. Dass ich ein Verworfener sei und eine Blamage für meine Eltern, daran glaubte ich noch lange; aber nach und nach wurde mir klar, dass ich für meine Existenz nicht verantwortlich gemacht werden durfte – ich hatte mich ja nicht selbst auf die Welt gesetzt. Warum ich mich damals nicht umbrachte, verstehe ich heute noch nicht.

Wahrscheinlich war mein Grossvater schuld. Er war ein grosser, schwerer Mann, Sattler und Möbelhändler von Beruf, Polizeipräsident des Ortes, ein vorzüglicher Schütze und Schwimmer, der meinen Vater mit der linken Hand hätte bodigen können. Er war wohlhabend, und meine Mutter war sein einziges Kind. Er stammte aus einer armen Bauernfamilie und hatte nur die Primarschule besucht, schrieb aber seine Briefe grammatisch und stilistisch tadellos. Er ass die meisten Speisen mit Reibkäse; Suppe, Hauptgang und Dessert (Apfelschnitze) löffelte er aus demselben Teller.

Meine Eltern gaben vor, sich meines Grossvaters zu schämen, aber im Grunde fürchteten sie ihn. Er hatte ein Vermögen zu hinterlassen, und deshalb verkehrten sie nach aussen freundlich mit ihm. Natürlich durchschaute er sie; den Schwiegersohn verabscheute er.

Die Eltern meines Vaters waren gestorben, bevor ich geboren wurde. Die Mutter meiner Mutter hatte ich als Kind noch gekannt; sie war klein, dürr, farblos und hatte Mitleid mit mir. Es tat mir wohl, immer wieder von ihr zu hören, dass ich ein »armes, armes Kind« sei; dabei dachte ich an das Märchen von den Sterntalern.

II

In der Schule war ich bald unter den Besten. Trotz meiner Zwerghaftigkeit führte ich auch im Turnen; niemand lief schneller oder fuhr die Kletterstange so geschwind hinauf wie ich. Als ich vierzehn war und vor dem Abschluss der Primarschule stand, beschloss mein Vater, mich in eine Schreinerlehre zu stecken; im Gegensatz zu allen andern Berufslehren dauerte eine solche damals nur zwei statt drei Jahre.

Da schritt der Grossvater ein. Meine Eltern waren zwar wohlhabend, aber Grossvater war unterdessen Millionär geworden, und das Erbe wollte man sich nicht verscherzen. Ich kam aufs Gymnasium in Zürich.

Mein Bahnabonnement kostete 29.80 im Monat. Das Geld reute meinen Vater; gegen Monatsende fand er oft einen Grund, zu erklären, dass er von jetzt an mit mir nie mehr sprechen werde. Schüchtern wie ich war, wagte ich es dann nicht, ihn um das Geld für die Bahn zu bitten. Um vier Uhr morgens stand ich auf und fuhr mit dem Fahrrad die nahezu fünfzig Kilometer nach Zürich; der Unterricht begann um sieben. Abends radelte ich die kürzere Strecke – nur dreissig Kilometer – zum Dorf des Grossvaters.

Seine Wirtschafterin hielt mir immer ein Zimmer bereit. Während ich am folgenden Tag in der Schule sass, rief Grossvater meine Mutter an, drohte mit finanziellen Sanktionen, und mir erklärte er am Abend, ich könne morgen wieder nach Hause zurückkehren, es sei »alles in Ordnung«. Tatsächlich wurde ich dann jeweils weder beschimpft noch verprügelt, sondern einfach ein paar Tage lang ignoriert. Das Geld für das Abonnement lag auf dem Kopfkissen.

Mein Zug fuhr um 5.12. Den Wecker stellte ich auf halb fünf. Erst heute wird mir bewusst, dass es meiner Mutter nie eingefallen war, aufzustehen und mir einen Kaffee oder eine Ovomaltine zuzubereiten. Der leere Magen wurde mir zur Gewohnheit.

Am Mittwoch, Donnerstag und Samstag war ich schon um halb drei zuhause und würgte die kalten Reste des Mittagessens hinunter. Am Montag, Dienstag und Freitag erhielt ich zwei Franken, um in einem Tea-Room essen zu können. Das Geld hätte zwar für den billigsten Teller gereicht, aber womit sollte ich das Trinkgeld und das obligate Mineralwasser bezahlen? So sparte ich das Geld und kaufte von Zeit zu Zeit ein Buch oder eine Grammophonplatte. Dreimal in der Woche ass ich als erste und letzte Mahlzeit um sieben Uhr die Ueberreste des Abendessens.

Wiederholt wurde mir das Haus verboten; immer radelte ich zum Grossvater, wurde freundlich aufgenommen und reichlich verpflegt. Am folgenden Morgen begab sich der Grossvater ans Telefon, und am Tag darauf wurde ich zuhause wieder zugelassen.

Nachdem ich das Gymnasium hinter mir hatte, durfte ich studieren. Je älter und reicher der Grossvater wurde, desto weniger Schwierigkeiten hatte ich zuhause. Seine Existenz garantierte mir ein sorgenfreies Studium. Ich erwarb verschiedene Diplome – alles im Minimum der vorgeschriebenen Semester. Auch im Ausland studierte ich ein Jahr.

Sobald ich meinen eigenen Unterhalt verdienen konnte, verloren die Eltern für mich an Bedeutung. Angst und Abneigung machten einer völligen Gleichgültigkeit Platz. Mich interessierten die Mädchen und die Kriminologie. Bei beiden hatte ich Erfolg. Meine Schwester hingegen tat sich schwer mit einem Beruf und mit menschlichen Beziehungen; sie geriet in die Hände der Psychiater und Therapeuten, die sie voll arbeitsunfähig schrieben. Sie blieb es während des Rests ihres Lebens.

Als ich mit 34 Jahren zivil heiratete, erhielt ich statt eines Geschenks einen Brief, in dem die Eltern mir mitteilten, dass sie zivile Heiraten prinzipiell nicht anerkennen und dass meine Frau und ich ihnen nicht unter die Augen kommen sollten. Bei den Verwandten und Bekannten verbreiteten sie, dass ich hätte heiraten müssen. Als das erste Kind zehn Monate nach der Trauung tot geboren wurde, verkündeten sie, ich hätte das Datum gefälscht. Damals nahm mich der Grossvater zur Seite und erzählte mir, was hier folgt.

III

»Mein lieber Max, du bist nun über dreissig, und ich werde 82 Jahre alt. Ich bin zwar gesund, aber in dem Alter weiss man nie, wie lange Gott noch die Augen zudrückt. Du hast dich oft über deine Eltern beklagt, und ich habe dir weder beigestimmt noch widersprochen, sondern zwischen euch zu vermitteln versucht. Immer wieder habe ich meine Tochter angerufen und ihr geraten und sogar befohlen, wie sie sich zu verhalten hat. Ich kann sie zwar nicht ganz enterben, aber ich könnte meine Wirtschafterin heiraten und ihr die Nutzung meines Vermögens auf Lebenszeit verschreiben. Damit habe ich gedroht, und darum hast Du das Gymnasium und die Universität besuchen dürfen. Meine Parteinahme für dich hat dich deinen Eltern nicht lieber gemacht, denn mich mögen sie genauso wenig wie dich. Dich haben sie schon als Säugling gehasst; meine Frau hat versucht, die Einstellung deiner Mutter zu ändern – vergebens. Nach ihrem Tod habe ich kurzen Prozess gemacht: Hätten sie dich nicht studieren lassen, hätte ich dafür gesorgt, dass sie von mir keinen Rappen erben. Im Alter von zwanzig Jahren hättest du eine Rente erhalten, mit der du das Studium hättest nachholen können.«

»Wieso dieser Hass?« fragte ich. »Ich habe den Eltern doch nichts zuleide getan?«

»Das hast du, aber du weisst es nicht. Du sollst es endlich erfahren.«

Er zündete einen neuen Stumpen (Ormond Brasil) an und rieb an den Gläsern seiner Brille:

»Deine Grossmutter und ich haben nur ein Kind gehabt – deine Mutter. Meine Frau ist eine Vornehme gewesen: ein Jahr im Institut in Neuenburg, Klavierspielen, Gesangsunterricht; mit ihrem Vater bin ich gut ausgekommen. Er ist Wirt gewesen und hat ein Vermögen zusammengespart. Er hat es falsch angelegt und 1923 verloren. Zwei Jahre darauf ist er gestorben. Meine Schwiegermutter hat dann bei mir gelebt – du hast sie noch gekannt.

Auch deine Mutter ist im Institut gewesen; du weisst ja, dass sie Klavierlehrerin geworden ist. Nach dem Abschluss am Konservatorium in Zürich hat sie ein Jahr lang bei einem Maestro in Florenz gelernt. In den hat sie sich verliebt, aber damals haben bessere Töchter keinen Italiener geheiratet. Im Dorf hat ihr keiner gepasst – oder umgekehrt, aber zuhause hat sie auch nicht bleiben wollen, und so hat sie schliesslich deinen Vater genommen. Er ist damals so alt gewesen wie du heute; ein Jahr zuvor war ihm die Mutter gestorben.

Dein Vater ist mir von Anfang an unsympathisch gewesen. Wäre seine Mutter nicht gestorben, hätte er wohl nicht geheiratet. Er hat mit ihr in einer kleinen Wohnung gelebt, und sie hat ihn verhätschelt und bis zuletzt wie ein Kind behandelt. Sie ist anscheinend fromm gewesen, und so hat auch er es mit den Schwarzen gehabt. Er hat im Kirchenchor gesungen, und deine Mutter hat manchmal die Orgel gespielt. So haben sie sich kennengelernt.

Deine Mutter ist 25 Jahre alt gewesen. Die Freundinnen vom Institut haben ihre Männer bereits an der Leine gehabt und Kinder aufgestellt, und so hat deine Mutter auch in den Apfel gebissen; dass es ein saurer war, hat sie bald gemerkt.

Ich habe deinem Vater nie getraut. Vielleicht hat er es zuerst gut gemeint – ich kann mich täuschen. Deine Mutter ist wohl eher kalt gewesen, genau wie meine Frau. Deine Mutter hat sich bei meiner Frau immer wieder beklagt, wie es sie demütige und ekle, »hinhalten« zu müssen. Das hat damals die Kirche den Weibern eingeimpft – es hat zum guten Ton gehört, möglichst prüde zu sein. Nur: Die meisten Weiber haben zwar so geredet, aber anders gehandelt; doch deine Mutter und deine Grossmutter haben nicht nur theoretisiert.

Es hat ein gutes Jahr gedauert, bis deine Mutter schwanger geworden ist. Nach der Geburt hat sie sich mehr um dich als um den Vater gekümmert – wie das von einer Mutter erwartet worden ist; das hat deinem Vater gar nicht gepasst. Er ist ein halbes Leben lang das Kind seiner Mutter gewesen, hat alles erhalten, was er gewünscht hat – und noch einiges dazu, und jetzt soll er plötzlich Nummer zwei sein!

Ich habe bald einmal gemerkt, dass dein Vater dich hasst. Für ihn bist du am Verhalten deiner Mutter schuld gewesen – weiter hat der Dummkopf nicht gedacht.

So ein verwöhntes Muttersöhnchen beschafft sich immer, was es will. Dein Vater hat sich eine Bürojungfer angelacht, und obwohl er nicht viel verdient hat, hat es doch dazu gereicht, ein Zimmer in Zürich zu mieten. Dort haben sie sich über Mittag und manchmal am Abend oder Samstag getroffen. Aber nicht genug: Er hat auch noch eine zweite Ziege aufgelesen, die eine eigene Wohnung gehabt hat. Der Esel hat mit den Mädchen korrespondiert, und eines Tages hat deine Mutter die Brieftasche untersucht und Briefe von den beiden Damen gefunden. Sie hat den nächsten Zug genommen und ist mit dir und dem Kinderwagen bei deiner Grossmutter und mir eingetroffen.

Deine Mutter verachtet mich zwar heute, weil ich den Suppenteller auch noch für die Apfelschnitze verwende. Im Institut ist sie halt eine Dreitellerfrau geworden und dazu stolz auf sich. Und jetzt diese ungeheuerliche Demütigung: Ein Lump wie dein Vater, neun Jahre älter als sie, zieht diese billigen Weiber ihr, der gebildeten Tochter mit Klavier- und Französischkenntnissen, vor! An enttäuschter Liebe zu deinem Vater hat sie nicht gelitten, aber an verletztem Stolz. Ich habe ihr eine Fahrkarte nach Davos gekauft und ihr geraten, sich zuerst einmal ein paar Tage zu erholen. Dann habe ich deinen Vater aus seiner Bank in Zürich herausgeholt und habe ihn in sein Liebesnest begleitet. Der Bürojungfer habe ich einen Hunderterlappen gegeben und das Zimmer gekündigt.

Die andere habe ich nie zu Gesicht bekommen; ich habe ihr geschrieben und nie etwas von ihr gehört. Deinem Vater habe ich versprochen, die Sache einzurenken; wenn er meine Tochter aber noch einmal hinters Licht führen sollte, würde ich dafür sorgen, dass es zur Scheidung komme; wie er von seinem mageren Gehalt zwei Haushalte finanzieren könne, sei mir allerdings schleierhaft. Ich glaube, dass dein Vater von da an fremde Frauen in Ruhe gelassen hat. Dafür ist er immer frömmer geworden.

Meine Frau und ich sind nach Davos gefahren. Deine Grossmutter hat deine Mutter davon überzeugt, dass sie ihre Ehe fortsetzen müsse – deinetwegen. Ein Kind brauche beide Eltern, sonst komme es schief heraus. Dass wir einen bösen

Fehler gemacht haben, haben wir erst später gemerkt. Ich habe deiner Mutter drei oder vier Bücher über das katholische Sexleben kommen lassen, und sie hat sich dann mehr Mühe gegeben und besser »hingehalten«. Deine Schwester ist ein paar Jahre später gekommen. »Das Kind der Versöhnung« hat es meine Frau genannt.

Deine Schwester ist von allen verwöhnt worden. Sie ist ein stilles Kind gewesen, und mit dir ist es von da an immer weniger gut gegangen. Dass dich dein Vater gehasst hat, kann ich begreifen. So ein Primitivling schiebt seine eigene Schuld immer dem in die Schuhe, der sich am wenigsten wehren kann. Dass auch deine Mutter dich nach der Geburt deiner Schwester abgelehnt hat, ist schwerer zu begreifen. Du hast sie wohl – einfach durch dein Vorhandensein – immer wieder an Dinge erinnert, die sie gern vergessen hätte.

Du hast meiner Frau und mir leid getan, obwohl es schwer gewesen ist, dich gern zu haben. Deine Schwester ist immer fröhlich, du bist meistens verdrückt, trübsinnig gewesen. Schau einmal die Photographien von deiner Erstkommunion an! Von deinen Eltern haben wir damals gehört, dass du falsch und verlogen bist, dass du auch stiehlst. Du bist jedes Jahr mehrmals bei uns in den Ferien gewesen, und du hast hier weder gelogen noch gestohlen. Wir haben eine gute Meinung von dir bekommen. Dann ist meine Frau gestorben. Du bist vierzehn Jahre alt gewesen und hast eben mit dem Gymnasium angefangen.

Meine Tochter hat es geärgert, dass meine Frau – und nicht ich – zuerst gestorben ist. An ihrer Mutter hat sie sehr gehangen. Mir hat deine Mutter vorgeworfen, ich sei am Tod meiner Frau schuld; sie habe zuviel arbeiten müssen und nie Ferien gehabt. Das zweite ist richtig. Bis 1945 haben wir nie Ferien machen können. Ein Handwerker wie ich hat es sich damals nicht leisten können, sein Geschäft auch nur eine Woche zu schliessen; im Dorf haben sich drei Sattler Konkurrenz gemacht! Heute ist noch einer da, und er kündigt Betriebsferien an, wann immer er will. In ihrer letzten Stunde soll meine Frau zu deiner Mutter gesagt haben, sie brauche in Zukunft mir gegenüber keine Rücksicht zu nehmen, ich hätte auch nie Rücksicht auf sie genommen. Das kann ich nicht glauben. Als mein Schwiegervater sein Geld verloren hat, habe ich ihn bis zu seinem Tod unterstützt, obwohl ich selber nicht viel gehabt habe.

Darauf habe ich meine Schwiegermutter zu mir genommen; sie hat ihre Tochter um zehn Jahre überlebt und ist fünfundneunzig Jahre alt geworden. Zuletzt ist sie eine böse Frau gewesen; es wäre besser gewesen, ich hätte sie rechtzeitig ins Altersheim getan. Wenn jemand meine Frau zu Tode geärgert hat, dann sie. Meinst du, deine Mutter hätte ihre Grossmutter auch nur einen einzigen Tag zu sich genommen?

Den Rest der Geschichte kennst du ja selbst. Du bist ein Familienrevoluzzer gewesen, und wenn es kritisch geworden ist, bist du zu mir gekommen. Du bist manchmal zu weit gegangen. Du hast vergessen, dass du klüger bist als deine Eltern. Ja, ja, schüttle nur den Kopf! Natürlich halten deine Eltern dich für dumm und sich selber für klug. Dein Vater hat mir immer wieder finanzielle Ratschläge erteilen wollen – er ist ja Bankbeamter gewesen. Ich habe seinen Rat nie angenommen, sondern selber überlegt. Sind die Papiere unten gewesen, dann habe ich gekauft; sind sie oben gewesen, habe ich sie gehen lassen. Du wirst eine Pension haben und Zinsen von dem Vermögen, das du erben wirst. Ich habe keine Aussicht auf eine Pension gehabt und habe sparen müssen. Dir rate ich, die Börse in Ruhe zu lassen. Du wirst auch ohne Börse genug zum Leben haben.«

IV

Mein Grossvater starb im Alter von 89 Jahren an einem Herzschlag. Ich denke jeden Tag an ihn – sein Bild steht vor mir auf dem Schreibtisch. Ohne ihn wäre es mir im Leben nicht so gut ergangen.

Nachwort des Herausgebers Hans Wiederkehr

Es wäre mir peinlich, wenn einige Bewohner Marbachs versuchen würden, mir deshalb einen Prozess anzuhängen, weil sie sich in diesem Buch meines Onkels Max Frei wiederzuerkennen glauben. Ich erkläre deshalb ausdrücklich in seinem Namen, dass es Emmenrüti, die Oberen Höfe, den Fröschengraben, die Tanne, die Schwand etc. nie gegeben hat. »Johanniter« heisst für mich ein Restaurant im Zürcher Niederdorf, in dem man vorzügliche Gnagi erhält; von einer Sekte ähnlichen Namens habe ich nie etwas gehört. Die Existenz Marbachs (Schillers Geburtsort!), der SBB und der Polizei in Langnau am Albis kann und will ich nicht leugnen, bitte aber die betreffenden Körperschaften und Organisationen zu bedenken, dass die hier vorgelegte Handlung (1964) heute (1987) offensichtlich als verjährt gelten darf. Wenn aber jemand trotzdem gerichtlich vorgehen möchte, dann bitte nicht gegen mich, sondern direkt gegen: Max Frei, Jakobsheim, 6003 Luzern oder eventuell: Derselbige, Friedhof Friedental, 6004 Luzern.

Hans Wiederkehr

Dialektausdrücke
(in der Reihenfolge ihres Vorkommens im Text)

Grüessech: grüsse euch: ich grüsse Sie
Däich wou: denke wohl: gewiss
Nid andrisch: nicht anders: gewiss
Gschleipf: Verhältnis
Gänterli: Schrank
geschasst: entlassen
Schigg: Kautabak
Meitschi: Mädchen
ein Heimlifeisser: ein heimlich Fetter: ein Schlitzohr
Chuchigänterli: Küchenschrank
Krachen: abgelegener Hof oder Weiler
Wotsch ächt Rui gäh: willst du wohl Ruhe geben
Chömid ume iche: Kommt nur herein
dem Ma sis Göfferli: dem Mann sein Köfferchen
Pressieret e chli: Beeilt euch ein wenig
Hockid zueche: Setzt euch an den Tisch
En guete: einen guten Appetit
Tüfi: Teufel
Beiz: Restaurant
Erzählen Sie das dem Fährima: dem Fährmann: das nehme ich Ihnen nicht ab
Chum einisch use: Komm einmal heraus
Schüüli wiit: sehr weit
Was du nit seisch: was du nicht sagst: das ist ja unerhört
Nichts für unguet: Entschuldigen Sie
W. K.: Wiederholungskurs (militärisch)
Chum schmöck en: Komm, berieche ihn
Pflümli: Pflaume, Pflaumenschnaps
Bäziwasser: Schnaps

Inhalt

Lieber Leser,

Vielleicht hat Sie – bei der Lektüre – die Landschaft des Emmentals und Entlebuch genau so fasziniert wie Max Frei. Diese Landschaft hat sich seit 1964 kaum verändert, ausser dass man jetzt in Marbach in einem komfortablen Hotel wohnen und die Gegend auf wunderschönen Wanderwegen kennenlernen kann. Kommen Sie doch mit Zug und Postauto oder in Ihrem Wagen nach Marbach, lassen Sie sich im Hotel Sporting vom Wirtepaar verwöhnen und den Weg zu den Orten weisen, die Max Frei so trefflich umschreibt.